繪/ 天藍

魔豆

魔豆

夜之賢者

Sage of Night 02

香草——著

夜之賢者

—人物介紹—

阿爾文
22歲。
艾爾頓帝國親王。外表爽朗，實則警戒心重。待人處事嚴謹但圓滑，使眾人相當信服。
沈夜
16歲。
聰慧溫潤的小說家，意外穿越到異世界。看似無害，關鍵時刻卻十分可靠。
路卡
20歲。
艾爾頓帝國皇帝。表面溫和好說話，實質腹黑並善於權謀。

伊凡
23歲。
原是名刺客，現加入阿爾文麾下。任何人事物都冷漠以對，只在乎妹妹賽婭與沈夜。
賽婭
21歲。
伊凡的妹妹，魔法師。性格老實溫和，為國內閃亮的魔法界新星。

夜之賢者
Sage of Night 02

目錄

Chapter 1
一定是我穿越的方式不對！

原本沈夜以爲當他離開那個由光與影組成的奇異空間後，理應會回到失落神殿才對，想不到經過了猛烈的失重感後，卻掉落在一片茂密的山林間！

雖然沈夜能經由與獅鷲的契約波動，得知自己確實已回到了小說世界裡，只是舉目所見盡是森林的景致，四周沒有半點少年熟悉之物。

沈夜身旁是一道陡峭的斜坡，陽光從樹木枝葉間灑落於地，形成一條條亮麗的光線；耳邊伴隨鳥兒清脆悅耳的鳴叫，他的心情不由自主地變得愉悅而平靜。

很可惜，這祥和的情景很快便被斜坡上傳來的一陣刀劍交鋒聲打破。

沈夜鬱悶了，心想自己第一次穿越時，便遇上小皇子被追殺，結果這一次又遇上原因不明的打鬥。

怎麼兩次穿越，總是遇上這種動輒沒命的狀況啊!?

一定是我穿越的方法不對！

打鬥聲愈來愈接近，沈夜知道現在可不是哀嘆的時候。對方身分未明，呆站在這裡顯然不是明智之舉。少年強逼自己冷靜下來，並果斷躲藏於一顆大石後。

沈夜才剛躲好，一名男子便從斜坡滾落下來。這個人應是在斜坡上的爭鬥中被傷到後才滾落下來，他從大石後偷偷探頭看去，只見男子腹部凹陷，手腳皆折成奇異的角度，衣服染上大片血跡。

受了這麼重的傷，這個男人竟還留有一口氣，只是看此情況，顯然已陷入垂死之際。

沈夜忍住嘔吐的衝動，讓視線強行停留在傷者身上，意圖尋找能夠得知對方身分的線索。男人原本應是蒙住了臉，但蒙臉的黑布在滾落斜坡時掉落身旁，一張滿是鬍鬚的臉露了出來。

基本上這種遮頭露尾的人大多非奸即盜，準備做一些見不得光的事；再加上自己低下的武力值，沈夜很有自覺地加重了不去蹚這渾水的決心。

只見鬍鬚男咳出一口又一口的鮮血，吐出的血液中甚至還能看見一些內臟碎屑，場面令人不寒而慄。

這簡直像被內功擊中的傷勢到底是怎麼回事？

這裡不是魔法與鬥氣的世界嗎？究竟是怎樣凶殘的手段才能造成這種傷口!?

在沈夜正因眼前狀況而震驚之際，又一道黑影滾落下來，遠看體型比鬍鬚男更大。直至龐然大物落地、滾了開來後，少年這才看清楚墜崖的原來不只一人，而是兩個男人。

也許是一起墜地而抵銷了部分衝力，又或者這種高度對高手來說根本不算什麼，這兩人著地後便迅速拉開彼此距離，隨即再次纏鬥在一塊，行動完全未因滾落斜坡而變得遲緩，速度更是快得不可思議。

沈夜沒有插手雙方戰鬥的打算，然而愈來愈多人從斜坡另一頭翻了過來，很快地，主戰場便轉移到沈夜躲藏的位置。少年四周盡是一片刀光劍影，即使沈夜有心躲往一處清靜的角落，也要他能夠離開才行啊！

本來沈夜還很天真地想著，自己好歹也是知道往後劇情的作者，有了先知先覺的金手指，必定能在這裡混得風生水起。

可是，他現在卻被一場莫名其妙的戰鬥困住，不要說到皇城去幫助阿爾文他們了，此刻能保住小命才是最重要的呀！

沈夜試著從這場混戰中確認現在到底是小說中的哪段情節，可惜資訊太少，少年作家甚至說不上來自己所身處的森林到底在何處。

沈夜不是沒想過利用契約呼喚獅鷲前來支援，可是一來不知道現在離魔獸森林有多遠，二來這裡的人太多，而且全都是高手；正所謂蟻多咬死象，何況魔獸不比人類奸詐狡猾，獅鷲爸媽現在還有一隻小崽子要照顧。沈夜不希望因爲自己，讓毛球一家受到傷害。

與腦海中的小說劇情對不上號，沈夜便不再花心思去想了。畢竟這個世界會自行補充小說中不足之處，他所遇上的事也不全然是小說原有的劇情。簡單來說，這場戰事也許是與劇情完全無關的一場小戰役，或許是強盜劫殺，或許是豪門恩怨，可能性實在太多。

很快地，沈夜已被戰鬥逼得從躲藏處出來。雖然他已盡力減低自己的存在感，可是身處於一群蒙面殺手（？）與穿著軟甲的護衛（？）之間，少年簡直就像黑暗中的月光般顯眼。再加上沈夜的反應能力實在不及格，有時還因躲避不及而擋住別人的路。

像現在，爲了閃躲身旁斬來的刀劍，沈夜不小心陷在兩名正激烈廝殺的人之間，其中一個殺得興起的蒙臉男人見狀，順勢舉起手中長劍，要往沈夜身上斬下。

沈夜想要躲開，可是身體速度無法配合，只能眼睜睜看著自己將被迎面而來的長劍一分爲二！

少年嚇得閉上雙目，然而預期中的疼痛卻沒有傳來。

疑惑地睜開眼睛，此刻他正被一個穿得一身黑的男人護在身後，至於那個揮劍的蒙面男人已倒在地上，咽喉間不停湧出的鮮血染濕了地上泥土。

「跟緊我。」背對沈夜的男子說了句話，聲音冷冽，聽起來卻意外年輕。

在對方轉身格擋住從側方斬來的長劍時，沈夜終於看清這位救命恩人的模樣。

那是名二十多歲的青年，有著一頭十分接近黑色的黑褐短髮，一雙藍色眼瞳如沒有溫度的寒冰般冷冽。青年的長相雖然平凡，但那雙如劍鋒般凜冽、卻又美麗無比的藍眸，讓人印象深刻。

青年只簡單向沈夜交代一句話，便揮動手中匕首，斬瓜切菜般地殺死四周敵人，迅速清空了自己所在區域；而青年的同伴——那群穿著軟甲的男子們——也不是泛泛之輩。即使是不擅長戰鬥的沈夜，也能看出戰況一面倒，他們要獲勝是遲早的事。

不過相較青年那些不知道是護衛還是傭兵的同伴，沈夜覺得恩人的身手最爲厲害——雖然他其實也看不太懂。

沈夜不知道這個青年爲何出手救他，甚至不離不棄地護著，讓自己跟在身後。他還注意到，每次有敵人接近時，這個人都會有意無意地保護自己，使敵人無法欺身傷害他。

沈夜心裡感激對方施以援手之餘，也暗暗懊惱著現在的自己簡直就是個累贅。只是在沒有任何自保方法的情況下，他仍厚著臉皮，牢牢抓著這根救命稻草，完全不敢跟丟。

不久，戰事結束，當最後一名敵人倒下時，沈夜總算鬆了口氣。至少他的性命保住了，沒有死在這場莫名其妙的戰鬥中。

雖然沈夜仍然不知道這群戰勝的傢伙到底身分爲何，但既然眼前這人救了他，至少應該對他沒有惡意……吧？

「請問……」沈夜才剛開口，青年卻是理也不理地逕自往前走，他只得慌忙跟上去。

此刻青年的同伴已開始清理戰場，見青年帶著沈夜一同走來時，紛紛投以難以置信的注視，隨即熱情地圍了上去，盯著沈夜的眼神簡直像在看稀有的外星人。

「小子，你竟然能讓我們的殺神來救你，太了不起了！」

「你怎麼會一個人在森林裡徘徊？」

「看你這小臂膀也不像有什麼生存手段，竟然沒被野獸吃掉，你運氣眞好！」

「我剛剛本來還想幫你一下，想不到被人捷足先登了。」

「小子，你是怎麼融化冰山的？也教一下我技巧啊！」

「平常因爲渾身殺氣，沒人願意接近他，你倒好，竟然還敢與他貼那麼近。」

面對這些男人宛如三姑六婆般的連珠炮式提問與揶揄，沈夜頓時不知所措。然而見他們神情還算友善，少年很快便冷靜下來，發揮寫作時的豐富創意糊弄對方。

沈夜一臉委屈害怕地告訴他們，自己是商隊成員，可是不幸遇上強盜打劫，混亂中與同伴失散，流落在森林中。

這種藉口雖然缺乏新意，可是在無數穿越小說中，卻是主角用來說服當地住民的老梗。有時穿越者還要附帶「失憶」的技能，好用來遮掩在陌生世界的違和感。

不過對十分了解這個世界，而且還生活了不短時間的沈夜來說，他可以免去「失憶」這項設定。這麼一想，沈夜覺得這次的穿越其實還不算太糟。

沈夜被眾人包圍時，那名救命恩人已先行離開，少年見狀，心裡不禁有些不安。那名青年雖然態度冷冰冰，且渾身散發殺氣，卻給他一種安全感。也許這是因爲對方是少年穿越回來後，遇上的第一個對他釋出善意的人。

聽過沈夜的說詞後，包圍的眾人皆互望了一眼。隨即一名給人正直純樸感覺的棕髮男子上前，向沈夜提出邀請：「你獨自一人在森林徘徊實在太危險了。雖然這裡的山賊已被我們解決，但林中野獸仍十分危險。不如你與我們一道走吧！至少能夠有個照應。」

沈夜頷首：「眞是太感謝你們了。」

「那我帶你去見見我們的首領吧！」領著沈夜的棕髮男子態度熱情，讓沈夜的心安定了不少。

「麻煩你了。請問一下，剛剛搭救我的黑衣青年，他叫什麼名字？」沈夜問。

「哈哈！小子你眞不錯，不但沒被那個殺神嚇到，竟然還對他念念不忘啊！要知道別人對他都是避而遠之的。對了！我的名字叫傑夫。」

沒有人問你！

也許沈夜的眼神太過明顯，因此傑夫很識相地補充：「救了你的人叫伊凡。」

伊凡!?

哪個伊凡？他認識的那個伊凡嗎!?

沈夜想到這裡，不禁搖首失笑。自己認識的伊凡才只是個八歲小孩，剛好同名而已吧？雖然回想起來，兩人無論氣質還是容貌確實非常相似。可是只憑這兩點便將兩人聯想在一起，也太異想天開了。

見傑夫已舉步前進，沈夜連忙小跑步追上去。想到一會兒便要見這群人的首領，少年忍不住緊張起來。

然而想到阿爾文與路卡此刻應該因找不到他而心急如焚，沈夜的目光便變得堅毅起來。

一想到兩名孩子看到他後會露出的驚喜神情，沈夜的心情不禁爲之雀躍。

只是現在，還是先和傑夫去見一見他們的首領吧！

沈夜跟隨在傑夫身後，很快便被帶到眾人首領面前。

沈夜仔細打量著那個唯一沒有穿戴護甲，正指揮眾人打掃戰場、點算損失的青年。青年一頭深棕長髮簡單地用髮帶束在腦後，銀灰色眸子透露出冷漠的情緒；長相俊美、身材挺拔。從他果斷指揮眾人的模樣，可看出這位青年有著領導者應有的決斷力與才能。而他的部下也對他非常信服，沒有絲毫猶豫地執行著命令。

感受到沈夜的視線，青年抬首望了過去。與沈夜視線相觸時，青年先是露出愕然神色，隨即不待沈夜多想，便友善地展現充滿陽光感的爽朗笑容，頓時驅散了先前給人的冰冷感，整個人瞬間變得平易近人，輕易獲得了少年的好感。

看到兩人眼神的互動，身旁的傑夫向沈夜說道：「別緊張，我們首領人很好的。」

聽到傑夫的安慰，沈夜這才想起自己並未事先打聽對方的名字。然而他想要詢問時，傑夫已把他帶到那名青年的面前。

「大人，您應該已經聽說了吧？這就是伊凡救下的小子，他叫沈夜。」傑夫笑著拍了拍沈夜的肩膀，男子手勁很大，痛得沈夜齜牙咧嘴。

沈夜只顧著避開傑夫的手，卻錯過了那名青年聽到他的名字後，銀灰色眸子瞬間一縮，臉上露出難以置信的神色；然而沈夜再次看過去時，卻已恢復至沒事人般的神情。

青年長相俊朗，有著令人嫉妒的身材；體型高大，卻又不像他一眾虎背熊腰的部下們那般壯健，而是一種結實、矯捷的身段。肩闊腰窄，還有一雙比例完美的長腿。穿著的衣服雖然樣式簡單，但看得出用料十分高檔，加上青年本身的氣質，給人一種貴氣逼人的感覺。在這個人身上，沈夜領略到什麼叫低調的奢華。

青年俊俏的臉上明明掛著親切笑容，但那有如金屬般冰冷的銀灰色眼瞳，卻又讓人覺得這人其實很冷漠。這種極度反差的感覺，反倒有著一種矛盾的美。

青年主動向沈夜伸出手，道：「你好，歡迎你暫時加入我們團隊的行列。我是阿爾文，商隊的首領。」

「咦！」沈夜聽到對方報出的名字時，忍不住驚呼。

隨即沈夜仔細打量眼前青年，對方樣貌十分出色，要容貌有容貌、要身材有身材，可說是他見過最完美的男人。可是這名青年除了名字與阿爾文相同外，還有著與那七歲的小皇子一模一樣的深棕髮色與銀灰眼瞳！

要不是兩者年齡不符、氣質不符、性格不符、身分不符，沈夜幾乎以爲眼前的人就是他朝思暮想的小皇子了！

沈夜莫名其妙的驚呼引來阿爾文與傑夫愕然注視。感受到對方驚愕的目光，沈夜有點羞赧地笑了笑：「抱歉，因爲我有個朋友也叫阿爾文，而且你們的外貌也有些相像，所以我剛剛才吃了一驚。」

傑夫好奇問道：「哦？你的朋友也是商人嗎？像大人一樣英明神武、長相勾人？」

我說的人，是我創作出來的「親兒子」。

而且你說自家頭兒「長相勾人」這樣好嗎？當著人家面前這樣說！

心裡雖然吐槽，但少年臉上卻是露出不好意思的羞澀笑容，道：「我認錯人了，他是一位小朋友，只是同名而已，絕對不可能是同一人。不過眞的很巧呢，我認識的阿爾文也有著相同的銀灰眼眸。」

傑夫驚奇地道：「大人，該不會是你在外面的私生子吧？」

「你在胡說些什麼呢？別亂說話讓人看笑話。」阿爾文搖搖頭，略帶苦惱地笑罵了傑夫一句，隨即向沈夜提議：「關於你的事，先前已有部下告訴我了。對於你的不幸我們深表同情。如果不介意，你可以隨同我們先離開森林再做打算。」

阿爾文的這個提議，對於現在沒有任何自保能力的沈夜來說自然是求之不得，連忙向對方的寬厚善良表達感謝。

雙方交談了一會兒，沈夜更加確定眼前這位名叫阿爾文的青年，與他所認識的小皇子阿爾文是兩個完全不同的人，因爲雙方的性格實在差太多。做事一板一眼、嚴肅得近乎冷漠的小皇子，可沒有眼前青年那般世故圓滑、爽朗且惹人好感。

不過在沈夜這個當爹的眼中，別人的孩子再好也是別人的，總不及自家親兒子好，而且那個親兒子，他還曾親自養在身邊好些時日。雖然他不如其他孩子般活潑愛笑，嚴肅冷漠得就像個小老頭，但沈夜還是覺得他的小阿爾文最可愛。

這麼一想，他更加想念自己的阿爾文與路卡了。

不過竟同時遇上「伊凡」與「阿爾文」，想想還眞是太巧合了。只是若那兩人眞的長大成人，一個是身分尊貴的親王殿下，一個是擅長暗殺的刺客，怎樣也扯不到一塊。

想到這裡，沈夜便覺得自己太多心了。果然只是巧合吧！也許在這個世界中，「伊凡」與「阿爾文」是很普遍的名字？

見沈夜凝望著自己，卻露出一臉懷念、思緒不知飛到哪去的模樣，阿爾文銀眸轉幽暗，隨即安慰似地上前拍了拍沈夜的肩膀，道：「請放心，我們會保護你的安全。聽說這次是伊凡救了你的性命，既然如此，這段時間你就跟著伊凡吧！」

阿爾文的話才剛說罷，不久前救了沈夜性命、名叫伊凡的青年，不知何時已站在他面前。

沈夜完全看不出這人是如何出現的，還來不及反應，傑夫已說道：「讓伊凡照顧沈夜沒問題嗎？不然還是由我來吧！」

傑夫之所以這麼說，一方面是擔心性格冰冷至極的伊凡會讓沈夜受到委屈，另一方面則是因爲伊凡連阿爾文的帳也不賣，總是我行我素。現在伊凡被阿爾文要求照顧沈夜，他一定不願意身邊多一個累贅。因此傑夫才打算主動承擔起這個責任，免得伊凡直接當面拒絕，讓事情變得尷尬。

傑夫本以爲這個提議會正中伊凡下懷，然而一向對任何事漠不關心的伊凡，竟主動說道：「不，把他交給我吧！」

說罷，伊凡轉身便走，後來見沈夜呆愣著沒跟上，甚至回頭詢問：「怎麼不走？」

「抱歉！」聽到伊凡的詢問，沈夜連忙向阿爾文與傑夫告辭，快步追了過去。

傑夫目瞪口呆地看著這兩人的互動，下巴都快掉下來了。

這個會停下來等人的是伊凡？那個冷得掉渣的伊凡？

難道伊凡的人格被換掉了嗎!?

傑夫到現在都想不明白，阿爾文爲什麼要把伊凡這麼一個不聽話的人留在身邊。雖說伊凡的實力眞的很強，可惜卻是匹不聽指揮的野狼。

其實從另一個角度看，傑夫也不明白伊凡爲什麼要留在阿爾文身邊。伊凡既不敬畏阿爾文背後的眞實身分，亦不是爲了名利，但像如此高傲的一個人，卻與阿爾文達成一個協議。雖然平常伊凡總是不聽阿爾文的命令，但在需要的時候，伊凡從不吝惜出手，就只爲了能夠跟隨阿爾文左右。

身爲阿爾文信任的心腹，傑夫曾詢問過阿爾文，伊凡這麼執著地跟隨在他身邊的原因。當時阿爾文卻模稜兩可地答道：*因爲伊凡在等一個人……*

傑夫還記得自己聽到答案時傻眼了。傑夫一直以爲伊凡這個妹控，除了賽婭，什麼人都不會放在眼裡。原來，還是有人能與賽婭一樣，獲得伊凡的重視嗎？

伊凡的冷漠是冷進了骨子裡，他的溫暖彷彿已全部給予自己最疼愛的妹妹賽婭，從未有人能夠讓他動容。

就連身分尊貴如阿爾文，伊凡也並非如他們一票部下般效忠，雙方只是各取所需罷了。

這樣的伊凡，卻主動救了沈夜，甚至還承擔接下來照顧對方的責任。這還是他所認知的那位冷漠青年嗎？

這還是傑夫首次看到，伊凡對賽婭以外的人如此主動地釋出善意。

Chapter 2
來歷不明的少年

另一方面，沈夜不知道因伊凡對待自己的特別態度，已吸引了傑夫等一眾護衛注意，他此刻正乖乖跟在伊凡身後走著。

看著眼前的挺拔身影，沈夜覺得這個人真的很像他記憶中的伊凡。只是小伊凡雖然與他一樣冷冰冰的，卻還有著孩子的小脾氣；而眼前的青年比起小伊凡卻要冷漠得多。

「呃……伊凡，我們現在要去哪？」

聽到沈夜的詢問，伊凡倏地停下前進的步伐，回頭便看見沈夜微微抬起的臉龐。少年長相清秀，算不上英俊，卻格外溫和耐看，尤其那雙漆黑的眼瞳，如同點綴了星光，如夜空般極其好看。這雙眼注視著他人時，總會不自覺流露出柔和溫暖的神色，可看出眸子的主人是個好脾氣、溫柔的人。

就像是……記憶中的那個人……

那個人失蹤至今已有十五年，當時伊凡年紀還小，那人的容貌在伊凡的記憶中甚至已變得模糊。只記得記憶中的少年，與眼前少年一樣名爲沈夜，同樣有著黑髮黑眸，以及一身溫暖的氣息。

伊凡也說不清楚爲什麼會對一個嚴格說來只相處了短短半天的人如此在意。也許是當時的他實在太寂寞了，而沈夜是除了賽婭以外，唯一眞心待他好的人。

甚至可以說，沈夜對他的好，相較於賽婭更讓伊凡動容。畢竟賽婭是血脈相連的親人，而沈夜卻是那天前從未見過面的陌生人。

更別說沈夜救了賽婭一命後，還與他聯手殺死埃姆林，間接也救了他的性命。

伊凡兄妹倆的性格雖然南轅北轍，卻有一個共通點，就是很重情義。而他們不約而同地欠了沈夜這個人一條命！

這些年來，不只是路卡與阿爾文，就連賽婭與伊凡也從未放棄尋找沈夜的下落。在上一任皇帝病逝後，成爲新皇的路卡還動用國力來尋找那名失蹤的少年。然而那個人卻像人間蒸發般，多年來竟毫無音訊。

即使如此，這個只在伊凡生命中出現過短暫時光的少年，卻已改變了他們兄妹的命運。伊凡很清楚，路卡他們是看在沈夜的份上，才會幫忙安排賽婭進入魔法學園學習；也是因爲沈夜，伊凡才能獲得阿爾文的信任，以親王的近衛軍身分獲得不少便利。

結果，他們欠沈夜的，好像變得愈來愈多了。

不知不覺，那個已變得模糊、黑髮黑眼的少年身影，在他心底紮了根，以至於今天看到一名形貌與沈夜非常相似的少年遇襲時，竟想也不想便出手救了對方。

當伊凡看清楚這名被自己救下的少年容貌時，臉上神情雖然冷漠依舊，但其實心頭大震。因爲這名黑髮黑眼的少年，與記憶中的沈夜實在太相像了！

那名少年還說，他名叫沈夜！

縱使伊凡爲人再沉穩，聽到對方這麼說，也幾乎壓抑不住激動的情緒——即使他很清楚，這個少年絕不可能是自己年幼時所認識的沈夜。

十五年過去了，沈夜不可能現在仍是十六、七歲的模樣。

想清這點後，伊凡很快便察覺到另一可能性——他們這次的任務可能曝光了！

他們這次由阿爾文親自帶領，以商隊名義祕密前往歐內特斯帝國的目的，是因爲在歐內特斯帝國進行學術交流的賽婭傳來密報，說她已掌握歐內特斯帝國與傑瑞米親王交往甚密的證據；甚至當年路卡與阿爾文外出時遭遇刺客襲擊，也是出於兩者之手。

由於事關重大，路卡對這件事非常重視，更出動了阿爾文這個近年來聲名鵲起、與傑瑞米齊名的領軍人物，親身前往歐內特斯帝國，祕密接回賽婭和她手上的資料。

當年兩名小皇子回到皇城後，便一直暗地監視著傑瑞米的一舉一動。多年下來，他們早已確定這位皇叔一直覬覦著皇位；畢竟傑瑞米掩飾得再好，但做過的事總會留下痕跡。

然而被喻爲「不敗戰神」、曾打勝多場戰役的傑瑞米，在人民心目中的地位實在太崇高，眞要向他出手，路卡他們手上的證據還不足以扳倒他。

傑瑞米不是可以隨意被踹下台的阿貓阿狗，他們必得掌握令人信服的證據才能撼動他，不然只怕會引來混亂，就連路卡這位皇帝的誠信也將受到國民、臣子質疑，甚至動搖國家的根本。而直到現在爲止，他們始終沒能找到將他一擊打垮的方法。

這也是爲什麼這些年來阿爾文要如此拚命頻上戰場。如果眞的要向傑瑞米動手，爲了不讓鄰國有機可乘，他們需要一個能與對方平分秋色、穩定局勢的戰神！

也正因如此，賽婭無意中探聽到的資料，以及後來抽絲剝繭搜集到的證據，會讓阿爾文他們這般重視了。這些訊息要是運用得好，說不定能夠連根拔起傑瑞米的勢力！

然而，他們卻在一場擊退強盜的突發戰鬥中，遇上這個名爲沈夜的少年。

這位自稱沈夜的少年，與伊凡記憶中的人同樣擁有黑髮黑瞳、同樣名叫沈夜。少年說自己來自商隊，然而他的言行舉止，怎樣看都像在撒謊！

這使得伊凡他們不得不加強警戒，並且把事情往嚴重方向想。

這些年來，他們沒有放棄尋找沈夜。而當年路卡與阿爾文兩位皇子曾受過一名黑髮黑瞳、名叫沈夜的少年幫助的事，只要有心打聽，並不是什麼祕密。

曾經有段時間，不少人變換髮色與瞳孔僞裝成沈夜，試圖接近路卡以換取榮華富貴。只是那些心懷不軌的人無一不被路卡識破，並受到了非常重的嚴懲。

在這個世界中，黑髮的人不是沒有，但黑色的瞳孔，伊凡卻只在當年的那名少年身上見過。何況沈夜的言行舉止有些奇特，一身特殊的氣質更是他人無法模仿。那些人裝得再像，總有露出馬腳的時候，久而久之便沒人敢再嘗試了。

現在這名自稱「沈夜」的少年，會不會也像那些人一樣，想利用那個身分謀取榮寵？

如果這少年是故意僞裝成沈夜來接近他們，那麼，他是如何得知阿爾文的身分，以及他們的行走路線？

無論對方有什麼目的，都讓伊凡不得不戒備。

身爲眾人首領，阿爾文有很多事情得煩心，並不適合長時間監視沈夜的動向；而伊凡實力高強，是團隊中唯一能與阿爾文平分秋色的人，再加上他很少參與行動，只在不得已時才會出手，因此也是隊伍中最清閒的人，監視沈夜的責任便落在他的身上。

就在沈夜自以爲已融入這個商隊時，卻不知自己那蹩腳的藉口在這些軍方菁英眼中，有著非常大的漏洞；更不知道這些人把他視爲釣大魚的魚餌，時時刻刻等著他露出狐狸尾巴。

沈夜對阿爾文等人的想法一無所知，有了商隊的保護後，整個人放鬆下來，心情簡直像在郊遊般悠閒萬分。

有時候無知，也是種福氣……

雖然沈夜被安排由伊凡照顧，可是對方只是領了一匹馬給他，便不再理會他。即使伊凡一直待在沈夜不遠不近處，但一身「你別煩我」的冷漠氣息太過明顯，讓少年不敢上前打擾。反倒是護衛們比較健談，沈夜很快便與他們混熟了。

沈夜與這些護衛閒聊下，總算知道現在一行人所在位置，正是他與路卡及阿爾文初遇的魔獸森林。

想不到當時他領著兩名孩子狼狽地逃離此處，可是兜兜轉轉，卻又再次回到這個初次穿越時的森林。

然而這次，他的身邊沒了兩隻軟綿綿的可愛小包子，取而代之的卻是一群孔武有力、虎背熊腰的護衛們，想想便覺得不勝唏噓啊！

一開始，沈夜還有體力與護衛們套交情，也有心情想些有的沒的。然而行進一段時間後，卻見商隊完全沒有停下的打算，他只好閉上嘴巴、咬著牙，默默隨著一眾護衛繼續前進。

雖然除了身為商隊首領的阿爾文是乘坐馬車，其他人都是與沈夜一樣騎馬前進，可是文弱少年與皮粗肉厚的護衛不同，少年覺得自己屁股都快被磨得沒皮了，那些護衛卻依舊像沒事人般坐在馬背上談笑風生。

他們屁股的皮到底有多厚啊？

不要說屁股了，長時間挺挺坐在馬背上，他們的腰不累嗎!?

沈夜幽怨地看著這些彷彿不知疲累爲何物的護衛，卻又在對方感覺到視線回望過來時，裝作若無其事地移開視線。

雖然心裡暗暗埋怨這些不用休息的護衛不是人，可是在眾人一臉輕鬆、只有自己承受不住的狀況下，沈夜實在無法厚著臉皮喊苦喊累。

少年很清楚自己目前的處境，他現在是個受人幫助的角色，盡量不惹麻煩才是正確的，要是因爲過於嬌貴而被人丟下，那他眞的連哭也無處哭去。

沈夜自以爲掩飾得很好，卻不知道早在他開始覺得不適而扭來扭去時，便已被護衛們察覺了。

別看這些護衛對沈夜十分照顧，看起來全是豪爽、沒有心機的武夫。這些人既然能留在阿爾文身邊，成爲其麾下，自然不會是空有武力、沒有頭腦的草包。

更何況他們早已被告知要暗暗監視沈夜的一舉一動，因此看到少年表現出不適時，他們表面上裝作看不見，心裡則暗自鄙夷少年的羸弱。

然而隨著時間流逝，這種鄙夷卻逐漸被敬佩取代。雖然對於這些訓練有素的護衛來說，別說一整天了，在馬背上待上數天數夜也不是問題。然而這並不代表他們不知道對於普通人來說，長時間的策騎到底有多痛苦。

看著少年臉色逐漸變得蒼白，卻依然咬緊牙關苦苦堅持下去的模樣，他們一開始想要看對方笑話的心態，變成了混合憐惜、佩服、疑惑等複雜的情緒。

沈夜的疲憊絕非裝出來的，這也消除掉眾人對他是否身懷魔力或鬥氣、卻偽裝成普通人的最後一絲懷疑。

他們實在想不明白，到底是誰派來這麼一個羸弱的少年，並想利用這個孩子從他們身上取得什麼？

沈夜可不知道一眾護衛的心思，只覺得全身肌肉都在抗議，屁股與大腿的皮膚更是火辣辣地痛。身下坐騎的每個動作，都能讓他感受到陣陣痛楚。

就在沈夜快要支撐不住之際，馬車的布簾被掀起，傳來了阿爾文那帶著擔憂的嗓音：「沈夜，你還好嗎？要不要進馬車裡休息一會兒？」

聽到阿爾文的邀請，沈夜感動得快哭了！他瞬間覺得青年簡直就是落入凡間的天使，是全天下最慈悲的大好人！

然而沈夜卻不知道，這個剛剛被他發好人卡、看起來一副直爽善良青年嘴臉的阿爾文，其實早在一開始就發現他的不適，卻爲了試探他的深淺而佯裝不知。

甚至阿爾文邀請沈夜進馬車，也並非出於什麼善意，只是想要藉此拉近雙方距離，好探聽少年的底細。

滿心只想盡快進入馬車休息的沈夜興沖沖地下馬，然而卻忘了缺乏鍛鍊的雙腿早已因疲倦而麻木得沒有知覺，心急下馬的結果，便是身體跟不上動作，搖晃著就要從馬背摔下！

沈夜驚呼了聲，在失去平衡之際想要穩住身體，卻來不及了。身處半空的沈夜，腦海中只有好好保護頭部的念頭。然而他還來不及做出防護的動作，卻感到腰間一緊，落入一個溫暖的懷抱。

驚魂未定的少年抬頭，看到伊凡冷漠的臉龐。此刻沈夜已脫離危險，穩穩置身在伊凡的坐騎上。感受到對方環抱在腰間的手，沈夜這才後知後覺地發現方才摔下馬時，是伊凡保護了他，把他拉上自己的馬匹。

「謝謝！」沈夜誠懇地道謝著，想到短短一天內，已被同個人接連救了兩次，沈夜都快把這位冷漠青年視作自己的幸運星了。

雖然伊凡總是一副冷冰冰的樣子，但剛才的舉動卻十分溫暖，讓剛剛受驚的沈夜覺得安心無比，怦怦直跳的心漸漸平緩下來。

面對沈夜的感謝，伊凡並未做出回覆，只是默然驅策著坐騎來到馬車前。

伊凡看似冷冰冰又不近人情，但所做的事卻非常體貼。沈夜見狀，心裡滿是感動，不禁再道了聲謝，覺得今天好像總是在麻煩這個人，歉意地向伊凡笑了笑，才鑽進馬車裡。

沈夜進入馬車後，不用繼續監視少年的伊凡便離開隊伍，策馬遠遠走在最前頭。眾人也早習慣了伊凡的不合群，對他遠離同伴的舉動不以爲意，反倒對青年剛剛救人的舉止更感興趣。

「想不到伊凡那小子竟然會主動衝上前救人，不知道的人，還以爲他是多熱心的個性呢！」

「至少那名少年應該是這麼認爲吧？你看他都感激得差點要以身相許了。」

「你們說，沈夜眞的是敵國間諜嗎？」

「誰知道呢？但他實在太可疑了，你該不會眞的以爲他是與家人失散的商人之子吧？」

「我敢打賭，沈夜一定是知道殿下一直在尋找一名叫沈夜的黑髮黑眼少年，故意僞裝成那個人來接近我們的！只是他也不看清楚資料，那個沈夜是十六歲沒錯，但那已是十五年前的事了。若那個人還活著，不可能這麼年輕。」

「在任務途中救了一個自稱沈夜、還有著黑髮黑瞳的少年，世上哪有這麼巧合的事？總而言之，大家多留心點就對了。」

而身爲眾人談論主角的沈夜，此刻正有些侷促地與阿爾文坐在馬車裡。車廂內意外地寬敞，甚至還擺放著一些水果與點心；地面鋪著不知用何種動物毛皮製成的地毯，即使沈夜穿著鞋子，仍能想像赤腳踏在那厚厚絨毛上該有多舒適。搞得少年甚至覺得自己穿著鞋子踏上去，都是一種罪過了。

見沈夜好奇打量著車廂內的布置，阿爾文笑道：「不用那麼見外。這是用南部特有的水果釀製而成的果酒，要喝一點嗎？」

阿爾文才剛把木塞打開，酒香便盈滿車廂內。帶有水果香甜氣息的酒香令沈夜抽了抽鼻子，雙目發亮地點點頭。

看到沈夜的饞樣，阿爾文莞爾地勾起嘴角，替少年斟滿酒杯。沈夜喝了一口，只覺得滿嘴都是水果香氣，甜甜的，非常好喝。與其說是果酒，倒不如說果汁還比較貼切。

「好喝！」沈夜一雙黑眸滿意地亮起來，隨即微微抬頭，疑惑的目光投向正爲自己斟滿酒杯的阿爾文身上。

察覺到沈夜的視線，阿爾文挑了挑眉，問：「怎麼了？」

「不……我只是覺得奇怪，你爲什麼沒有帶著隨從出門？」創作出這個世界，並在這裡實際生活過的沈夜，很清楚這裡的社會階級分明。雖說阿爾文只是個有錢的商人而非貴族，可是出行應該要有僕役服侍才對。即使阿爾文自己不介意，但身爲萬惡的有錢人，出門沒有侍從多沒面子啊！

阿爾文笑道：「行商可不是遊玩，我每次出行都有任務在身；雖說一般都會帶著侍從服侍在側，不過我從小便跟隨父親周遊列國，早已習慣自己打點行裝，有人貼身跟著反倒不自在。何況有些地區的條件實在不怎麼好，再艱苦的環境我都經歷過，不在乎這些門面上的事。」

沈夜點了點頭表示認同，也對眼前青年生出更多好感。

然而在欣賞的同時，沈夜覺得自己並未眞正了解這個名叫阿爾文的青年。

阿爾文英俊、富有、爽朗、善談、親切，有著世間一切美好的優點，然而這個世上，眞的會有這樣完美無缺的人嗎？

沈夜很清楚，自己之所以覺得阿爾文完美，只是因爲還未熟悉這個人。

當然，沈夜不會把對方想得太過美好，但也不排除對阿爾文的欣賞與喜愛。少年從不拒絕多交一個朋友，也不會推開對自己有著善意的人。

車廂內，阿爾文與沈夜談笑風生。這位年輕商人有著豐富見識與不俗的談吐，在對方有意引導下，沈夜逐漸放下與陌生人相處的侷促與緊張，開始敞開心胸地談天說地。

原本阿爾文只是想在言談間使沈夜放鬆下來，好套對方的話，卻想不到這名年紀尚輕的少年，竟有著淵博的學識。阿爾文故意轉換了數次話題，發現上至天文下至地理，任何話題沈夜竟都能聊得上來；少年的某些看法，甚至還使阿爾文有茅塞頓開之感。

這讓阿爾文不禁生出愛才之心，設想著把這來歷與動機不明的少年收至麾下的可能性。

不過現在想這些實在爲時過早。他首先要做的，是弄清楚到底是誰安插這名少年進來；而這名自稱沈夜的少年，接近自己到底有著什麼目的！

Chapter 3
神奇的親和力

阿爾文看著眼前少年，沈夜那雙漆黑眼眸中浩瀚如夜空，直視自己時，雙目倒映出自己的身影，有種彷彿把人吸進去的錯覺。

看著這雙眼睛，阿爾文竟突生一種對方眞是沈夜的感覺。

對阿爾文來說，那個在他與路卡最狼狽艱難的時刻，陪伴在他們身邊，並且教曉他們很多事的少年，是兄弟倆心中最溫暖、特殊的存在。

先皇身體一直不好，當時國內誤傳了兩名皇子的死訊，更是讓先皇大受打擊、一病不起。阿爾文與路卡趕回皇城時，只來得及見先皇最後一面。

路卡小小年紀什麼都不懂，便被匆忙推上皇位。阿爾文已記不清楚當時有多少雙充滿惡意的眼睛盯著他們。在各種威脅下，阿爾文與路卡迅速成長起來。幸運的是，仍有許多忠心於他們的臣子，在這些人的幫助和兩人不懈的努力下，才總算站穩陣腳。

當身上的擔子變重、接觸的事愈來愈多後，兩名孩子這才驚覺當初沈夜以睡前故事來爲他們講解的道理，竟是如此實用，而且很多故事更一針見血地指正出他們的缺點。

於是，那位不苟言笑、待人淡漠的阿爾文漸逐消失，取而代之的，是一名爽朗和善、待人真誠，讓人不由自主想要效忠的阿爾文親王。

阿爾文並沒有完全抹煞掉本性，以沈夜的話來說，僞裝永遠無法持久，總有一天會被人看穿。而阿爾文應該做的，是觀察自己哪些特質能讓人們接受，然後將好的一面展現出來。至於絕情與冷酷的一面，只須隱藏起來，獠牙只在敵人面前露出就好。

因此，阿爾文展露出來的爽朗並不假，他從小便帶著劍士的爽直，只是在皇家教育下變得嚴肅沉著。可是沈夜教導他，爽朗善良的人更容易使人親近、讓敵人放下戒心；至於心計、冷酷這些東西只要放在心底，沒必要輕易展示於人前。

阿爾文也想像不到，當他聽從沈夜的建議，嘗試改變待人接物的態度後，竟獲得改變他們處境的契機。

其實先皇已爲兩名小皇子留下不少信得過的忠臣，只是路卡年紀太小，而阿爾文那倔強又嚴謹，而且警戒心特重的性格，讓那些臣子想幫忙也不知該從何著手。

然而在決定有所改變後，每當阿爾文想拒絕他人好意時，總會想起沈夜告訴過自己，不要吝於借助旁人的力量；在他因傑瑞米的柔情攻勢而心軟時，便會想起少年告誡過他們，眞正的毒藥往往包裹於糖衣之中，看似鮮甜的紅蘋果，也許隱藏著女巫施下的魔咒。

隨著路卡坐穩皇位，兩名皇子開始調查當年外出遇襲一事。雖然沒有確切的證據，但調查結果全指向幕後主使者是傑瑞米。

這結果令阿爾文與路卡深爲戒惕，要不是有沈夜提醒，只怕他們早已被傑瑞米這個皇叔殺害了。

來自親人的背叛，使兩名皇子有很長一段時間不敢眞心信任別人。然而那名黑髮黑瞳、在他們童年只佔據短暫時光的少年，卻常駐兄弟倆心中，被他們視爲除了彼此以外，唯一能無條件信任的人。

回憶著與沈夜相處的點點滴滴，阿爾文卻不知眼前這名在他眼中仍存稚氣的少年，正是當年那位保護他們的大哥哥。

此刻與沈夜閒聊的阿爾文，正不著痕跡地頻頻往少年的杯子裡添加果酒。這種果酒雖香甜易入口，也沒有濃烈的酒味，但其實後勁非常強。

沈夜聊著聊著，不知不覺便開始覺得自己的思維變得遲緩起來。往往阿爾文說上一句話，他要想很久才能弄清楚對方的意思，而且眼前的景物也開始變得模糊，整個人好像凌空飄起來似的。

少年伸手按住杯口，阻止了阿爾文想要爲他斟酒的動作：「不……我好像有點醉，不能再喝了……」

阿爾文從善如流地放下手中果酒，並沒有勸說對方繼續喝的打算。他很清楚這種果酒的後勁有多強，當沈夜察覺到有點醉而停下來時，其實已經來不及了。

果然不出阿爾文所料，沈夜雖然已停止喝酒，然而原本清亮的目光卻漸漸渙散，臉頰變得通紅，已無法有條理地與阿爾文進行對話。

阿爾文收起臉上笑意，肅穆冷酷的眼光完全不遜於伊凡的冰冷。看到對方的轉變，沈夜卻沒有絲毫的害怕，反倒生出一種熟悉的感覺。

記得初遇阿爾文時，那孩子便是用這種眼神盯著我。每次與路卡接觸時，那男孩也是一副深怕我會傷害路卡的模樣……

在沈夜恍然間，阿爾文不知何時已站在他的身前；青年向前傾身，雙手撐在後方馬車內壁上，把坐著的沈夜困於身前的狹窄空間裡。

這種狀況讓沈夜感到不小壓力。少年不安地動了動想要遠離，偏偏左右兩邊的退路都被阿爾文的手臂封鎖，身後已是椅背與車廂內壁，沈夜只得仰起頭，面對青年情緒不明的視線：「怎……怎麼了？」

「你是誰呢？」阿爾文雙目冰冷刺骨，然而語調卻異常柔和，讓受到酒精影響的沈夜不禁放鬆了警戒。

「我不就是沈夜嗎？」喝醉的沈夜反應變得遲緩，呆呆地望著阿爾文，過了好一會兒才回答道。

阿爾文挑了挑眉，想不到在這種狀況下，眼前的少年還是沒說出真話。難道這是他明明只是個無自保能力的普通人，卻被挑選安放在自己身邊的原因嗎？

「你跟著我們，有什麼目的？」

「……目的？」沈夜用力眨了眨眼，似乎想把眼前的模糊景象變得清晰些：「目的……我想要到皇城……」

阿爾文欲再詢問，卻聽到外面一陣吵鬧，隨即行駛中的馬車倏地停下，青年只得中止對沈夜的審問。

「怎麼了？」

聽到阿爾文的詢問，傑夫立即策馬至馬車旁，道：「大人，遇上魔獸突擊！」

阿爾文看了眼喝醉的沈夜，確定暈乎乎的少年不會亂跑後，青年便不再理會對方，舉步踏出馬車。

當看到外面黑壓壓的魔獸時，阿爾文不禁皺起眉頭。

竟然是一大群毒箭豬！

毒箭豬的實力雖然不算強，卻是令人頭痛的魔獸之一。群居的牠們數量繁多，而且皮粗肉厚，必須使用鬥氣才能破開牠們帶刺的毛皮。毒箭豬有著強大的衝撞力，而且身上針毛皆帶毒。雖然這毒素只會使人麻痺，但在戰鬥中無法動彈依舊致命！

看到被毒箭豬群小心護在群體中央的幼崽，阿爾文的神情變得更加難看。雖然毒箭豬是草食性魔獸，然而脾氣卻是出名的暴躁，尤其在繁殖期，往往會爲了保護幼崽而主動攻擊人類。

面對眼前一大群毒箭豬，眾人連呼吸都不由自主地變得壓抑，深怕過大的動靜會引起這群魔獸圍攻。

可惜他們想要息事寧人，並不代表這些毒箭豬不會主動找麻煩。即使這些護衛已特意收斂氣息，但毒箭豬們似乎仍覺得他們很礙眼，竟開始擺出攻擊的姿勢！

阿爾文見狀冷笑了聲，下令：「準備迎擊。」

區區畜生而已，先前的忍耐只是爲了避免不必要的消耗，還眞的以爲他們好欺負嗎？

聽到阿爾文的命令，護衛們紛紛拔出腰間長劍，不再掩飾身上的殺意。毒箭豬群感受到敵意，開始焦躁地用前肢刨挖泥土，做出衝撞的架勢。

就在戰事一觸即發之際，一道與緊張氣氛不搭的嗓音突然響起：「怎麼了？爲什麼停下來不走？」

眾人連同毒箭豬刷刷刷地把視線投向軟倚在馬車門邊、一臉醉意的沈夜身上。

眾人還未從驚訝中回過神，便見沈夜迷濛的視線在看到一大群毒箭豬時亮了亮，隨即驚喜道：「好大一群大肥豬！好可愛！」

眾人不約而同地嘴角一抽，心想這是什麼眼光？這些魔獸到底哪裡可愛了!?

在沈夜身旁的護衛正想帶喝醉的少年回到車廂，卻聽到阿爾文制止道：「等等！」

雖然不明白阿爾文爲什麼出言制止，但該名護衛還是立即停下動作，顯示出他對阿爾文無條件的信任，以及這個團隊的令行禁止。

沈夜並沒有意識到現在情況到底多危險。在少年變得遲緩的思緒中，現在的狀況就像是在外國節目中經常出現，開著汽車遇上小動物路過的場景。身爲一個良好駕駛，應該停下汽車讓小動物先行路過才對。

至於豬是不是野生動物，以及這些豬爲什麼長著毒刺獠牙、體型如此巨大，就不是酒醉的沈夜所能留意到的。

只見沈夜揉了揉雙目，迷迷糊糊地說道：「嗯……我們停下來，讓大肥豬先通過吧！」

一些細心的護衛們已察覺到毒箭豬群的異樣。在沈夜說話的同時，毒箭豬們竟側頭細聽，一身豎起的尖刺更慢慢平復，眼中的焦躁也緩緩消退，逐漸變得溫馴！

眾人並不知道，在他們因毒箭豬的變化而吃驚的同時，這些毒箭豬也全被沈夜驚住了。

在這些低階魔獸簡單的思維裡，少年的聲音就像一股清泉，熄滅了牠們心中的焦躁，並萌生向其臣服的衝動。

見那些「大肥豬」沒有動，沈夜歪了歪頭，問：「你們怎麼還不走？」

明明這名少年說的是人類言語，可是那聲音傳入耳中，毒箭豬們卻能清楚明白對方想要表達的意思。

隨即在眾人目瞪口呆的注視下，這些平靜下來的毒箭豬竟好像真的聽懂沈夜的話般，越過了商隊，朝其他方向散去！

想不到一場惡戰竟以如此戲劇性的方式落幕。眾人看著醉得幾乎站不穩的沈夜，各個目光閃爍、各懷心思。

這名少年……也許遠比想像中不簡單啊……

□

沈夜並不知道自己喝醉後，不光被阿爾文乘機審問出不少事，甚至還當眾展示了能操控魔獸的獨特天賦。剛從昏睡中清醒的少年，只知道頭痛得快要裂開，並發誓以後絕不再碰這種嚐起來像沒有酒精的果汁、卻後勁十足的果酒。

當沈夜清醒過來時，原本高掛天上的太陽已經下山，眾人正圍在火堆旁吃著晚餐。少年才剛下馬車，便因頭痛而不得不停住前進的腳步。

就在沈夜蹲在地上抱頭呻吟時，一杯冒著熱氣的飲料被遞至他面前。

沈夜抬頭看著遞出飲料的阿爾文，有了果酒的前車之鑑，頭還痛著的他可不敢再隨意喝下青年遞上的飲料了。

阿爾文見少年一臉嚴肅地打量自己手中的醒酒湯，不禁莞爾：「這是醒酒湯，喝下就不會頭痛了，嚐嚐吧！」

沈夜聞言，這才接過這杯墨綠色、賣相不佳的醒酒湯，閉上雙目一口灌下。這杯看起來有點噁心的飲料，味道卻出乎意料地不錯，草藥的香氣中帶有一絲薄荷清香，少年的頭痛很快便明顯地減輕許多。

有些意外這杯醒酒湯的效力發揮得如此迅速，沈夜驚喜地抬頭，迎上阿爾文帶有暖意的銀灰眼眸。

沈夜不禁一愣。雖然阿爾文一直表現得很和善健談，但沈夜卻沒有錯過每次青年未達眼底的笑意。那些看似爽朗的笑容，其實更多的是禮貌性的表現，或用來掩飾真正想法的表象。

對此，沈夜並不覺得反感。即使只是表象，笑容可掬的人依舊比冷漠高傲的人更容易相處，也易於獲得他人好感，何況是阿爾文這樣英俊挺拔、談吐不俗的年輕人呢？只要彼此相處感到舒服就好，沈夜對此並不會太計較。

阿爾文畢竟是名商人，總不能要求他如熱血的小毛頭般，什麼想法都表現在臉上，一見面便對自己推心置腹吧？

然而不知何種原因，這次酒醒後，沈夜發現阿爾文看他的目光產生了轉變。少了些猜忌與警戒，卻多了溫暖與親切。這讓沈夜有些疑惑，難道自己喝醉時發生什麼事嗎？

同樣感到疑惑的，還有一眾護衛們。

原本除了灌醉沈夜這個相對溫和的手段外，他們還預設一系列的強硬手段，打算逼迫沈夜坦白身分，並問清對方混進隊伍的目的。

然而經歷毒箭豬一事後，阿爾文卻下令先擱置這些計畫。除了暗中警戒沈夜的一舉一動，阿爾文還任由這名少年待在商隊裡！

身爲阿爾文的心腹部下，他們自然知道這位英俊爽朗、被國內未婚少女評論爲「最想嫁的男人No.2」，排行只略遜於路卡陛下的主子，行事到底有多雷厲風行、性格有多冷酷無情。

阿爾文所下的每個決定，都是深思熟慮過的結果。所謂軍令如山，他很少推翻已下達的命令。到底這名少年有什麼特別之處，竟讓阿爾文難得地更改計畫？難道就只因爲他制止了一場由毒箭豬引起的戰鬥嗎？

但護衛們誰也不認爲光只因爲毒箭豬一事，便能讓阿爾文改變對沈夜的態度。畢竟毒箭豬再難纏，他們身爲阿爾文麾下最出色的作戰小隊，可不會因區區的魔獸而有所示弱！

不同於護衛們的糾結，當沈夜得知自己酒醉時，無意中替商隊避過一場與毒箭豬的苦戰，便以為找到了阿爾文態度轉變的答案。

在阿爾文的示意下，一眾護衛並未隱瞞當時狀況，七嘴八舌地把事情告知沈夜後，還詢問少年是如何讓那些毒箭豬變得如此聽話。魔獸雖有著基本的靈智，但一般來說都個性高傲、野性難馴，除非是從幼崽養起，不然很難親近人類，更別說像毒箭豬這種野生的品種。

自從獅鷲事件後，沈夜便猜測因為自己是這個世界的創造者，才擁有著能讓魔獸親近臣服的天賦。然而沈夜並不打算把這個發現告訴任何人，對於傑夫等人的疑問，少年一臉無辜地表示自己也不清楚：「從小動物便很喜歡親近我，也許是這緣故吧？搞不好根本就不是因為我的關係，那些毒箭豬只是察覺我們沒有敵意，便自行離開了？」

聽到沈夜不靠譜的猜測，一眾護衛滿臉黑線。

毒箭豬察覺到我們沒有敵意？

那時候我們劍都拔出來了耶！

沈夜不理會眾人懷疑的神情，反正他否認到底，他們又能拿他怎樣？何況他做的也不是壞事，商隊眾人反倒該感謝他才對。

看一眾部下在少年面前吃癟，一旁的阿爾文搖首失笑，隨即說道：「沈夜，我有個不情之請。」

少年歪了歪頭：「嗯？」

「魔獸森林中棲息著不少強大的魔獸，要是再遇上相同情況，我希望你能利用這神奇的能力，幫助我們避開戰鬥。」

聽到阿爾文的請求，沈夜有些爲難地說道：「我也希望能夠幫忙……可是我不確定這種能力是否對所有魔獸都有用。」

這倒不是沈夜故意推託，畢竟自己對魔獸的影響力究竟到哪種程度，他也不清楚。魔獸願意臣服於他的原因，也只是沈夜自己的猜測。

萬一這種能力只限於部分品種的魔獸呢？又或者他的猜測錯誤，前兩次之所以能屏退魔獸，是因爲其他原因？

事情涉及眾人的安危，沈夜可不敢輕率應允。

阿爾文遊說道：「你不用想得太複雜，如果再遇上魔獸，你只要像上次一樣，遠遠對魔獸說一些話，勸退牠們即可。即使沒有效果，我們也不會怪你。而且我們會在你身前保護，絕不會讓你因此受到任何傷害。」

青年的一番話合情合理，況且沈夜現在已是商隊一員，與他們可謂一條繩子上的蚱蜢。剛剛沈夜的推辭，也是擔心對方寄予厚望，萬一出什麼意外反而怨怪他。

要是阿爾文願意負責他的安全，那也並非不可以，畢竟人家無償收留了他，他也不好賴在商隊中，當個什麼事也不做的米蟲。

見沈夜終於點頭，眾人露出笑容，對少年的態度也熱絡上幾分。沈夜吃著傑夫遞來的食物，邊吃雙目邊不由自主地在眾人中尋找著什麼。

「怎麼了？」

聽到阿爾文的詢問，沈夜有些訝異地抬頭望向青年。他不知道爲什麼只是醉了一場，阿爾文對自己的態度便多了些親暱。果然如先前的猜想，是因爲他能與魔獸溝通而變得有用處嗎？

沈夜暗暗對自己答應幫忙的舉動按了個讚，當米蟲就是會讓人看不起啊……

「沒什麼，只是奇怪伊凡怎麼不見了。」沈夜回答。

也許是因爲重回這個世界時，被伊凡救了性命；又或者因爲此人與自己所認識的那個孩子同名，因此沈夜總會不經意地注意他的動向。

一旁的傑夫聞言笑了：「那小子老是不見人影，你醒來前他才剛吃飽，現在不知道躲去哪了，別理他。」

沈夜一臉黑線，心想：你們不是不久前才把我託付給伊凡照顧嗎？現在人卻不見了，那我怎麼辦？

看出少年的心思，阿爾文拍拍沈夜的肩膀：「反正你不習慣騎馬，接下來與我一同坐馬車好了！」

沈夜聞言，雙目立即一亮。雖然這個世界的馬車避震功能做得不好，坐久了便感到全身骨頭快要散架似的，但至少他受盡苦難的屁股不用繼續開花了！

此時，一名正在篝火旁分配肉湯的護衛，朝著沈夜的方向喊叫：「小伙子，你剛才睡著沒喝到，要嚐嚐嗎？」

「我要！」沈夜連忙收起手中的肉乾，喜孜孜地跑過去。

望著沈夜遠去的背影，傑夫笑道：「究竟是這孩子深藏不露，或者眞是他的眞性情？我幾乎相信他只是個聰慧過人、卻閱歷不深的普通少年了。」

阿爾文沒有答話，逕自默默吃著手中的肉乾。篝火把青年銀灰色的眸子染上金紅，一抹複雜神色在這雙冷漠的眼眸中閃過。

良久，阿爾文道：「我們更改一下路線，明天往『禁地』走。」

傑夫吃著肉乾的動作倏地停止，一臉驚訝地瞪大雙目，難得地再次確認長官的命令：「大人！可是禁地是陛下立法規定……」

「進入禁地一事，我會在事後與陛下解釋。」相較於傑夫的震驚，阿爾文卻顯得十分淡定。

如果現在沈夜往他們這邊看去，便會發現當傑夫收起臉上痞痞的笑容時，正起臉色凝望阿爾文的他，帶著一身軍人的鐵血氣息：「大人，我可以詢問您爲何不顧陛下的規定，也要我們進入禁地的原因嗎？」

「這個嘛……」阿爾文將視線投向埋首喝著肉湯的沈夜身上：「我對沈夜的身分有點眉目了，但不希望對他用強硬的手段；然而他又不願意告訴我們眞話，實在令我爲難。只要進入禁地，我便能夠獲得想要的答案。」

看到傑夫疑惑的表情，阿爾文咧嘴笑了笑，道：「也許我的猜想很瘋狂，但如果他是我猜測的那個人……進入禁地後，他必定會露出馬腳。」

Chapter 4
再遇毛球

一夜好眠，第二天一早天才剛亮，沈夜便再度跟隨商隊展開旅程。

既然決定留在這個世界生活，沈夜有意鍛鍊自身的騎術與耐力，因此出發時，他依然選擇與眾護衛一起策騎前進，直至身體受不了才回到馬車內。

無論是沈夜的小身形，還是他臨陣磨槍學的騎術，在這些外表只是商隊護衛、實際是軍隊菁英的眾人眼中完全不夠看。可是每個人對這個明明能舒服坐在馬車裡，卻因爲了解自身不足，而選擇努力改善的少年很有好感。

何況因爲阿爾文對待沈夜的態度有所轉變，讓眾人隱隱覺得沈夜也許並不像他們猜測般，是別有用心想要妨礙他們此行任務的敵人。因此，即使尚未確認沈夜的來歷，護衛們仍決定開始把少年視爲同伴看待。

沈夜疲憊不堪地坐在馬背上，並未察覺眾人態度的轉變。現在少年正在爲是否該進馬車休息而在內心激烈掙扎著。

心裡的天使與魔鬼交戰完畢，最終天使勝出。決定再堅持一會兒的沈夜，才發覺不知何時，四周的樹木已變成一望無際的風鈴木。

現在正值風鈴木開花的季節，只見一片片粉紅色花朵布滿樹上。由於風鈴木在花期時不會有葉子，所以觸目所及盡是純粹的夢幻粉紅。除了粉粉嫩嫩的顏色，樹幹上再沒有其他色彩。

看著這些開得極其燦爛的風鈴木，覺得森林景致千篇一律的沈夜，總算認出現在位於魔獸森林何處了！

這裡不正是他遇上獅鷲一家三口的地方嗎!?

想到儀態威武的獅鷲父母，以及毛茸茸只有巴掌大的小獅鷲，沈夜眼裡滿是笑意。要不是顧忌商隊看見獅鷲時的反應，沈夜幾乎忍不住要用契約召喚牠們了。

行至中午，烈日當空下，沈夜終於撐不住，再次進入阿爾文的馬車內休息。

沈夜托著頭、倚著車窗看向外頭景色，一雙漆黑如墨的眸子滿是笑意，阿爾文見狀後挑了挑眉：「你的心情似乎很好？」

沈夜當然不會告訴阿爾文，他的好心情是因爲想起了獅鷲一家，漫不經心地回答：「這裡的風景很美，不是嗎？」

阿爾文笑道：「是很美沒錯，不過這個美麗的地方卻是禁地，要不是這次時間有點趕，我還眞不會選擇走這條路線。」

沈夜愣了愣，問：「禁地？難道這裡有什麼危險嗎？」

阿爾文解釋：「聽說此區域棲息著實力強大的獅鷲，而且不只一頭，是一家三口。從這裡直至山谷深處，都屬於那三頭獅鷲的地盤。你也知道獅鷲有多不好惹，這種風系屬性的高階魔獸飛行速度極快，還能使出風刃，並且智商不亞於人類。即使從幼崽開始飼養，也絕對無法馴服牠們。當時不知何種原因，國家下令絕不能打擾這三頭獅鷲的生活。結果不知不覺中，這裡便成爲帝國裡公認的禁地。」

聽到阿爾文的解釋，沈夜不禁微笑起來。國家不會無緣無故對毛球一家這麼照顧。這道保護獅鷲的法令，沈夜不用猜也想得到是誰提出的。

看來阿爾文與路卡這兩名小皇子，已經安全回到皇城了呢！

想到他們還記掛著毛球一家，沈夜便覺得心頭暖烘烘。果然自家孩子就是顧念舊情、就是體貼細心！

誰說只有女孩子才是父母貼心的小棉襖？

我家兩隻小包子也是很貼心的！

在心裡為自家小孩的舉動自豪一番後，沈夜卻萌生一股違和感。

設立一條法令，再快也總要有個過程。路卡他們雖然身分尊貴，但畢竟年紀尚小，會有足夠的權力下令嗎？

何況聽阿爾文的語氣，這條法令似乎已實行了好一段時間……

但若不是兩名小皇子，又有誰會把毛球一家記掛心上，甚至還為此立法保護？

就在沈夜思索這問題時，思緒卻被馬車外突然傳來的驚叫聲打斷！

驚叫聲響起的同時，馬車也立即急煞住，沈夜猝不及防下差點往前摔去。

狼狽地穩住身子，沈夜可憐的小心臟嚇得怦怦亂跳，心裡不禁慶幸馬車前進的速度並不算快，剛剛他的上半身都快摔出車廂外了！

驚魂未定的沈夜從窗戶探頭看去，便驚見一頭獅鷲正咬著一名護衛的皮帶，拍動著翼膀將人帶至半空中。

這頭獅鷲的體型較沈夜見過的獅鷲爸媽小了些，毛色也不是成年獅鷲純粹的棕紅，而是夾雜著些許灰色茸毛。沈夜一眼便看出這是頭尚未成年的少年獅鷲。

看到獅鷲的瞬間，沈夜還以為會是毛球一家，想不到卻是頭陌生的獅鷲，忍不住有些失望。

從獅鷲下口的地方來看，牠似乎並非要殺死這名護衛。然而即使這頭獅鷲只是惡作劇，眾人也無法對此視而不見。

在獅鷲擄走同伴的同時，眾護衛已迅速拉開長弓，把箭矢全都瞄準向獅鷲，但都猶豫著弓弦，並未立即出手。

畢竟國家有著保護獅鷲的法令，進入禁地本就是他們理虧在先，何況在此情況下射死獅鷲，被捉住的護衛將從高處摔下，絕對是非死即傷。

因此在獅鷲握有「人質」的狀況下，投鼠忌器的眾人暫時不敢對牠出手，只能以弓箭封鎖獅鷲的退路，讓牠無法帶著那名護衛逃脫。

沈夜一臉緊張地看著眼前劍拔弩張的情況，深怕獅鷲不小心便摔死護衛，又或者拉弓的眾人忍不住把箭射向獅鷲。因為毛球一家的關係，沈夜對獅鷲這種魔獸非常有好感，然而商隊等人卻又有恩於他，沈夜不希望看到任何一邊受傷。

身為高階魔獸，獅鷲有著不遜於人類的智慧，而且性格非常高傲。何況這頭獅鷲正處於淘氣的少年期，遠不如成年獅鷲般穩重。牠非常不喜歡被人用箭矢威脅的感覺，於是在半空中拋高抓住的人類，再迅速衝上前凌空接住。然後是接二連三的拋高、接回、拋高、接回……還很人性化地向眾人投以挑釁的眼神！

一眾護衛看得咬牙切齒，竟被一頭魔獸看不起，實在是令人火大耶！

沈夜看得直皺眉，見那名倒楣的護衛已被獅鷲拋得白了一張臉，少年忍不住怒斥：「住手！你這樣惡作劇太過分了！」

即使是這種緊張又憤怒的情況，眾人聽到少年的斥責後，也不禁滿臉黑線。

你怎能如此輕鬆地視這種狀況為「惡作劇」？那可是頭凶猛的獅鷲耶！你確定牠不會想要殺人嗎!?

看看那名護衛，他都已經開始翻白眼了好不好！

一直在半空耀武揚威的獅鷲，聽到沈夜的斥責後，倏地停下無止境的拋接舉動，疑惑地垂首看著怒氣沖沖的少年。

獅鷲拍動著翅膀往沈夜飛去；眾人看到牠逐漸降低高度，正考慮是否要向獅鷲做出攻擊時，卻見阿爾文擺了擺手，便紛紛止住偷襲魔獸並奪回同伴的念頭。

飛至沈夜身前的獅鷲很乾脆地丟下手中人質，湊到少年身邊東嗅嗅、西嗅嗅，隨即竟朝沈夜撲去！

一眾護衛立即大呼不妙，抄起傢伙便要往獅鷲身上招呼。沈夜看到眾人一哄而上時吃了一驚，大呼阻止：「等等！牠不是要攻擊我，只是在跟我鬧著玩！」

只見獅鷲的咽喉發出興奮的低鳴聲，整個頭顱埋在沈夜懷中，用額頭親暱地蹭著少年的胸口。光是看那小狗般一搖一擺的獅子尾巴，便能感受出魔獸此刻歡快的心情。

沈夜伸手揉了揉獅鷲的皮毛，當撒嬌後的獅鷲抬起頭時，沈夜突然感到與獅鷲的契約有了反應，心靈聯繫讓他瞬間認出這頭獅鷲！

「毛球！是你？」沈夜難以置信地看著只是一段時間不見，便已從嬰兒期瞬間成長爲翩翩美少年的毛球。

這速度比火箭升空還要快啊！

牠到底是吃什麼長大的呀!?

雖然沈夜知道動物幼崽通常成長得比較快，一段時間不見便會變了一個模樣。

可是毛球成長的速度……也未免太快了吧？

看到沈夜終於認出自己，毛球再次從喉間發出愉悅的鳴叫聲，更不停把頭顱往少年懷裡鑽，求抱求撫摸。

眾護衛目瞪口呆地看著一人一獸的互動，就連那名被獅鷲在半空玩了好一會兒空中飛人的護衛，也忘記身上的不適，無法置信地看著變得比大型犬還友善溫馴的魔獸。

「這是……獅鷲對吧？」終於，其中一名護衛澀聲打破沉默。

沒有了性命威脅的眾人，隨即忍不住你一言我一語地討論起來。

「看！牠還搖尾巴耶！」

「這其實不是獅鷲吧？只是頭長得像獅鷲的大狗吧？」

「笨蛋！你見過能夠在天上飛的狗嗎？」

「沈夜叫牠『毛球』，難道這頭獅鷲是他的魔寵？」

「可是，獅鷲不是無法被馴服的嗎？」

「不能馴服的話，那我們現在看見的是什麼？」

伊凡並未加入討論，也沒有像其他人一樣，把目光聚焦在沈夜與獅鷲身上。

青年的視線投放在站在馬車旁、抱著雙臂，默默注視著沈夜與獅鷲互動的阿爾文身上。

此刻，阿爾文雖然看起來與平常沒有兩樣，然而他一雙銀灰眼瞳卻露出耀眼的神采；抑制不住顫抖的雙手，更洩露出青年內心那無法掩飾的激動。

阿爾文的失態只有短短數秒，很快便冷靜下來，讓人完全看不出痕跡。伊凡相信以這個男人的謹慎，若非內心受到非常強烈的震撼，否則不會露出如此外顯的深層情感。

當伊凡看到阿爾文壓下內心激動，以非常柔和溫暖的目光看向沈夜時，突然心頭一動，一個不可思議的想法從心底生起。

眼前這名與獅鷲玩鬧的少年，黑髮黑瞳，聰明睿智，有著溫暖的親和力。除了年紀對不上外，竟與伊凡記憶中的沈夜驚人地相似！

再加上這次阿爾文奇怪的行動與反應，難道……這名自稱沈夜的少年，真的是沈夜？當年的那個沈夜!?

伊凡想要向阿爾文追問答案，但對方現在並沒有公開沈夜的身分，難道是有什

麼難言之隱？

何況，如果這名少年眞的是沈夜，那爲何時間竟未在他身上留下任何痕跡？十五年過去了，卻仍保有十多歲的容貌？並且看到他與阿爾文時，不與他們相認？可是如果沈夜不想與他們相認，又爲什麼要出現在他們面前？

難道他們一開始就想太多，少年被他們從強盜手中救出，眞的只是巧合？

與滿肚子疑問的伊凡一樣，同樣的問題，也深深困擾著阿爾文。

現在阿爾文已確定眼前的沈夜，正是當年那位救了他與路卡，並一路上細心照顧、護送他們回皇城的少年。

這世界或許還有其他黑髮黑瞳的人，但知道這頭獅鷲名叫「毛球」，而且還能與其親密無間的，就只有沈夜一人。

這些年來，阿爾文從未放棄尋找沈夜，全國人民也知道他們在尋找一名黑髮黑瞳的少年。沈夜不可能不知道他們一直在找他，但少年卻像人間蒸發般，再也沒出現過。

再加上相遇時，沈夜向他們僞稱自己是商家出身的少年，這讓阿爾文相信，沈夜是故意謊報身分，不希望有人認出他。

他不知道沈夜爲什麼要這麼做，但爲免打草驚蛇，也爲了萬無一失地確認此刻眼前的少年，確實是失蹤十五年的沈夜，阿爾文決定暫不與對方相認，而是選擇以陌生人的身分留住沈夜。他相信只要把沈夜留在身邊，總有一天能知道眞相。

決定暫不與沈夜相認的同時，阿爾文也暗中向部下下令，要求他們全力保護沈夜的安全。上次把人弄不見，已使他們擔心內疚整整十五年，阿爾文可不希望少年因爲此次任務而再出現任何意外。

另一方面，沈夜並不知道不光是阿爾文，就連伊凡也因毛球的出現，而間接確定了他的身分。少年與少年獅鷲玩鬧了好一會兒，才從再遇毛球的喜悅中恢復，想起身旁還有商隊一行人。

見沈夜望向他們，傑夫問道：「沈夜，難道你那特別的親和力對獅鷲也有效？還是說……你認識這頭獅鷲？你剛剛說的『毛球』，是這頭獅鷲的名字嗎？」

聽到傑夫的聲音，毛球向男子發出警告的咆哮，並充滿保護意味地將沈夜護在身後。沈夜安撫地摸著少年獅鷲的皮毛，回答道：「是的，我以前曾進入過魔獸森林的內部，認識了毛球與牠的父母。」

「毛球眞的是牠的名字!?」傑夫一臉同情地看著外形已很接近成年體的毛球，眞心覺得眼前這頭威武的魔獸，與這可愛的名字實在不搭。

看出傑夫的想法，沈夜有些不好意思地搔了搔鼻子：「因爲當初我看見毛球時，牠還是個毛茸茸的灰色毛球，所以……」

沈夜也覺得替毛球取了這個名字，對牠有些抱歉。然而名字這東西，要是輕易換來換去的話就沒有意義了，因此沈夜還是決定照舊喊牠毛球。反正聽著聽著有種反差萌，這樣也不錯啊！

沈夜正解釋與毛球之間的關係，也沒有忘記那名被獅鷲抓來玩飛高高的倒楣鬼，他擔憂地看向坐在草地上休息的男子，問道：「你沒事了嗎？毛球沒有惡意的，我代牠向你道歉。」

那名年輕護衛脾氣倒是很好，被獅鷲戲弄了一番後也沒生氣，擺了擺手道：「是進入禁地的我們不對在先，何況我也沒有受到眞正的損傷。」

說罷，他還開玩笑地笑言：「而且能在獅鷲爪下逃生的人可沒有多少個，以後我可以向別人炫耀了。」

沈夜不禁被對方逗得笑了起來。

傑夫看著伏在沈夜身邊，乖得像頭寵物犬的毛球，忍不住一臉渴望地詢問：「我可不可以摸摸牠？」

沈夜道：「這要詢問毛球的意思。我是牠的朋友，不是牠的主人，無法替牠拿主意。」

獅鷲有著不遜於人類的智慧，也聽得懂人類的語言。聽到沈夜的話時，毛球一雙金棕色獸瞳露出明顯的暖意。

傑夫愣了愣，他忽然明白為什麼沈夜能獲得獅鷲的喜愛了。

人類一直是很高傲的種族，雖然他們明知道不少高階魔獸有著不遜於人類的智商，然而很多時候，魔獸在人類眼中只是一些比較聰明的畜生罷了。

然而沈夜卻能發自內心去尊重牠們，即使獲得獅鷲的另眼看待，卻保持本心，並未因此得意忘形。

動物的直覺遠比人類敏銳得多，牠們很容易便能感受到對方對待自己是否出自好意，表露的言行是否眞心實意。而沈夜對毛球的維護與尊重全都出自眞心，自然便獲得了獅鷲的喜愛。

聽到沈夜的話後，傑夫斂起笑容，正起臉色道：「抱歉，是我失禮了。」

毛球瞇起眼睛睨著他好一會兒，隨即輕聲低鳴了聲。

看到傑夫疑惑的神情，沈夜笑道：「毛球接受你的道歉。另外，牠應該是允許你摸摸牠。」

傑夫頓時露出受寵若驚的神情，緩緩伸出手，在快要碰到時停了下來，見對方的確沒有要攻擊的意思，才把手放在獅鷲那觸感很好的毛皮上。

傑夫也不敢摸太久，在毛球表現出不耐前便收回手。即使如此，還是惹來了眾人羨慕的目光。

此時，毛球突然起身仰天長嘯，隨著牠的叫聲，很快便見兩頭獅鷲遠遠飛來。

「還有兩頭!?」

眾人嚴陣以待，但因爲有沈夜爲倚仗，再加上被少年那一臉淡定的模樣所感染，因此這次面對飛翔而來的獅鷲時，護衛們沒有立即拔劍，只是把手按在劍鞘上，緊盯著天空中獅鷲的一舉一動。

獅鷲飛行的速度很快，很快便從遠遠的兩個小黑點，變成能讓人看清楚的模樣。

這是兩頭成年獅鷲。有別於毛球那棕紅中夾雜著灰的毛色，這兩頭獅鷲有著一身完美的棕紅皮毛，於陽光下鍍上一層金紅色。無論是體型與骨架都比毛球粗壯，看起來更加雄壯。

成年獅鷲帶著一股君臨天下的氣勢，眾人目光皆展露讚歎的神色。不愧是被喻爲最美麗、最桀敖不馴的天空王者！

沈夜愣愣地看著降落在他身前的兩頭獅鷲，試探地詢問：「毛球爸媽？」

眾人聞言一臉黑線，心想這是什麼稱呼啊？

不同於沈夜的猶豫，兩頭獅鷲顯然在不觸動契約的情況下，早已認出沈夜。不同於依靠肉眼來辨認事物的人類，魔獸還會利用氣味來辨別對方身分。更何況在毛球一家眼中，對魔獸有著特殊影響力的沈夜，可謂獨一無二的存在。

成年獅鷲的威勢可非毛球能比擬，這次再也沒人敢說想要摸摸牠們的話了，只得在旁乾看少年與三頭獅鷲親熱敘舊。

先前眾人還對沈夜是否能操控魔獸一事半信半疑，現在見他一下便馴服三頭獅鷲，自然便打消這個懷疑了。這可是絕不與人類親近、驕傲無比的獅鷲耶！

感受到沈夜與眾不同的能力後，眾人對他的態度也產生變化。如果先前護衛們只把沈夜視作團隊中可有可無的同伴，那麼現在，卻已視他爲地位相等的戰友了。

雖然沈夜本身的武力值爲零，但他有獅鷲撐腰啊！何況這裡是魔獸森林，也不知道還棲息著多少凶猛魔獸。只要與沈夜打好關係，在這個令人聞風喪膽的森林中，他們絕對能過得如魚得水啊！

魔獸森林雖然凶名遠播，就連那些長年出入森林、最剽悍的傭兵，也不敢深入內部。但這裡是通往歐內特斯帝國的捷徑，因爲時間緊迫，同時也爲了隱藏行蹤，他們才不得已冒險走這條路。

即使如此，一行人仍擔心是否會遇上難以對抗的魔獸，又或者陷入森林裡某些天然陷阱中。人類再強大，在大自然中還是顯得非常渺小。

但現在有了沈夜，他們最擔心的問題已變得不再是問題。

此刻的沈夜，在眾人眼中頓時變得人見人愛了。而且這孩子還很上道，不待眾人向他提出請求，便已主動詢問獅鷲們能不能護送他們一程，直至商隊安全離開魔獸森林爲止。

見沈夜如此爲眾人設想，簡簡單單幾句話便爲商隊拉了三頭獅鷲當保鏢，大家對他的好感再度提升不少。

獅鷲爲高階魔獸，除了狩獵時會故意隱蔽氣息外，牠們身上平常所發出的威壓能令其他魔獸退避三舍。有了獅鷲護航，眾人無驚無險地穿越了危險的魔獸森林，行程順利得簡直像作夢一樣。

旅途中，阿爾文更告訴眾人已查清楚沈夜並非敵方派來的間諜。雖然阿爾文並未說明原因，但這些人全是跟隨阿爾文多年的心腹部下，並打從心底信任他，也很清楚以阿爾文的性格，是絕不對不確切的事做出保證的。

離開魔獸森林時，毛球不斷把頭顱拱進沈夜懷裡，發出陣陣悲傷的低鳴。沈夜不捨地用手指梳著獅鷲的毛髮，安慰道：「別這樣，我只是跟隨商隊到歐內特斯帝國走一趟，然後我們便會返回艾爾頓帝國。回程時同樣會經過魔獸森林，到時我們不是又能見面了嗎？」

聽到沈夜的話，毛球這才平靜下來，只是那雙一直凝視少年的獸瞳，卻仍舊帶有依依不捨，以及讓人動容的親暱與忠誠。

三頭獅鷲在森林邊緣目送眾人離去，直至再也看不見完全退出視線外的商隊，才退回森林中。

Chapter 5 巴德

見少年與獅鷲分別後一直悶悶不樂，傑夫拍了拍一臉惆悵的沈夜的肩膀，笑道：「那些獅鷲真的很喜歡你。」

沈夜笑道：「獅鷲雖然很聰明，卻沒有人類那麼複雜的心思。牠們只要認定對方是朋友，便會全心全意對待，更不會輕易背叛。」

傑夫摸了摸下巴，問：「所以你覺得魔獸比人類更值得信任嗎？」

沈夜訝異地瞪大雙目：「你怎會這麼想呢？雖然人類的心思比較複雜，也容易被各種外物誘惑，可是人類之間還是有著真誠與不會改變的情誼，不是嗎？」

沈夜說罷，想起了值得信任的親友，勾起嘴角，露出溫暖的微笑。少年漆黑的眸子宛若兩泓清可見底的潭水，看得傑夫微微失神。

突然，一個水囊從旁伸出，插在沈夜與傑夫之間。

遞出水囊的伊凡一臉淡漠，光看表情，實在完全找不出絲毫關心的痕跡。

然而沈夜能感覺到這個人掩蓋在冰冷之下的關懷。伊凡看似不禮貌的舉動，其實是想藉此來打斷他的離愁別緒。

沈夜接過水囊，笑著道謝：「謝謝，我正好感到有點渴了。」

雖然一開始伊凡這名「監護人」對沈夜冷冰冰的、不理不睬，然而自從重遇毛球一家後，伊凡便一改先前「放任」的態度，對他非常照顧。

沈夜不知道，這並非是因爲他有了利用價值。對伊凡那無比現實的態度轉變，沈夜倒未因此不高興，畢竟現在是自己有求於人，先前只是個毫無用處的累贅，人家願意收留已經很不錯了，又怎能要求別人待自己熱情呢？

說到底，他只是個與商隊同行的陌生人，人家沒有理由得待他好，少年很清楚自己在商隊中的位置。

穿越魔獸森林期間，沈夜的鍛鍊有了不錯的成效，現在他已能與眾人一起策騎一整天了。雖然還是會感到很疲累，卻不像先前那樣，隔天一早便腰痠背痛得幾乎起不了身。

沈夜知道自己與身具鬥氣的護衛不同，倒不會傻得去期待自己的體能經過鍛鍊後，能提升至對方的程度。他只希望至少在某天須要逃命的危急關頭，不至於成爲別人的負擔。馬匹是這個世界最常見的交通工具，好好提升騎術的熟練度，對自己也有好處。

雖然一心想鍛鍊騎術，但沈夜也沒有太過勉強自己。勞逸結合比較能提高效率，要是過度勞累而病倒，豈不是本末倒置了嗎？

□

位於東方的歐內特斯帝國，與阿爾文他們處於南方的艾爾頓帝國、位處北面的埃爾羅伊帝國，以及西方的弗羅倫斯帝國，並列爲大陸上國力最強大的四個國家。四大帝國之下，還各自統治著林林總總的附屬國；而商隊現在前往的目的地正是歐內特斯帝國。

歐內特斯帝國是個尚武的國家，全民皆兵，武者在那裡有著崇高的地位。即使是老弱婦孺，只要拿起武器也有著一般的戰鬥力。簡單來說，這是一個重武輕文的國家。

因爲國家風氣使然，出現過不少名留青史的戰士，也是大陸上最多國民擁有鬥氣的帝國。

雖然相較於戰士，歐內特斯帝國對於魔法顯然不夠重視，甚至近數百年間，鮮少出現新的高階魔法師。但歐內特斯帝國終究是四大帝國之一，那裡的魔法學園歷史悠久，當中的蘊藏依舊很豐實，因此每年仍吸引不少他國魔法師前往，進行魔法交流。

當沈夜進入馬車休息時，阿爾文為少年遞上一杯飲料，並順道說明商隊此次前往歐內特斯帝國，除了進行商品交易外，便是為了接回在那裡學習魔法的妹妹。

沈夜好奇地詢問：「能夠脫穎而出、代表學校與國家出國交流，你妹妹的魔法天賦一定很高吧？」

沈夜邊說，邊回想艾爾頓帝國有哪位出名的魔法師。可惜他唯一知道的，只有當初他領著兩名小皇子前往千帆城想投靠的布倫丹而已，至於出名的女魔法師，整本小說中都沒有出現過。

阿爾文微笑道：「是的，她非常出色。怎麼了？」

聽到阿爾文的詢問，沈夜搖頭道：「不，沒什麼。」然而少年心裡卻在吐槽，怎麼這人說到自家妹妹時，那副神情根本不像以親人為榮，反倒像稱讚著出色的部下似的？

「對了，你妹妹叫什麼名字？」沈夜問。

阿爾文微微一笑；不知為何，沈夜覺得青年的笑容看起來有些惡劣。

還不待少年多想，便聽到阿爾文道出一個熟悉的名字：「賽婭。」

沈夜瞬間被口中還來不及嚥下的果汁嗆到，痛苦地咳嗽起來。阿爾文則像早已猜到對方的反應般，伸手穩住差點被少年推倒的水杯。

「怎麼這樣不小心？」阿爾文伸手拍了拍沈夜的背脊，幫助他緩過氣。

沈夜沒回答，只是眨也不眨地盯著阿爾文，似乎想從對方臉上看出朵花來。

聽到救命恩人伊凡的名字時，沈夜以為只是擁有相同名字的巧合。

結識商隊首領阿爾文時，沈夜則不免覺得這巧合也太強大了。

那麼，這次聽到女魔法師的名字叫賽婭時，沈夜再遲鈍也察覺出異狀！

這個世上，真會有那麼多巧合嗎!?

沈夜打量著阿爾文，排除年齡、氣質和性格，單以外貌而論，眼前的青年愈看愈是與小小的阿爾文皇子形象互相重疊，到最後，沈夜覺得這簡直就是成年版的阿爾文！

難道，無論是阿爾文與伊凡，甚至那個還沒見到面的賽婭，都是他認識的那些人!?

這些孩子到底是吃什麼長大的？怎麼短短一段時間不見，就長成這麼牛高馬大？根本比毛球的變化更加驚人！

沈夜雖然努力維持臉部表情，然而他心中卻有一大群草泥馬在狂奔。

「抱歉，阿爾文，我想問一下，現在艾爾頓帝國的皇帝陛下叫什麼名字？」良久，稍微冷靜下來的沈夜問道。

阿爾文以十分驚訝的語調說道：「當然是路卡陛下。」

「……路卡陛下登基是什麼時候的事？」

「路卡陛下上任至今，應該也有十五年了吧？先皇陛下身體一直不好，後來兩名皇子遇襲，國內誤傳皇子們的死訊，先皇陛下更是一病不起。直至兩名殿下安全回到皇城，先皇陛下卻因心情大起大落而病情加重，不久便過世了。」

沈夜摀住額頭，他覺得訊息量實在有點大，大腦幾乎要當機：「呃……我有點頭暈，想出去騎一會兒馬，吹吹風也許會好一些。」

說罷，心慌意亂的少年便離開馬車，留下阿爾文一人。

看著落荒而逃的沈夜，阿爾文只覺得很有趣。他故意說出賽婭的名字，是爲了再次試探沈夜。果然如同他猜想般，少年直至此時才驚覺他們的身分。

阿爾文不知沈夜爲什麼得獲得多番提示後，才能夠認出他與伊凡。除了僞裝成商人外，他們甚至連名字都沒有更換，對於熟悉他們的沈夜來說，要認出他們其實應該挺容易的，不是嗎？

即使對此感到困惑，阿爾文還是很滿意這次試探的結果，畢竟那意味著先前少年並非故意隱瞞身分不與他們相認。而現在，沈夜應該正爲往後該用何種態度面對他們而苦惱不已吧？

這讓阿爾文萌生惡作劇的打算。現在他倒不急著逼沈夜坦白了，他想看看沈夜在冷靜過後會做出怎樣的舉動，想想就頗讓人期待。

回想剛剛少年的反應，阿爾文突然覺得除了童年時期給予他關懷與溫暖外，沈夜這個人也出乎意料地有趣啊！

「沈夜，你不是不久前才說累了，要進馬車休息一下嗎？這麼快就出來了？」見沈夜才進馬車不久便出來，傑夫上前與他閒聊起來。

沈夜神情恍惚地策騎前進好一會兒，才發覺別人在對他說話：「沒什麼，只是坐進馬車後覺得有些氣悶，便出來吹吹風。」

傑夫聞言也不太在意，只覺得對方是少年心性。現在他們已進入歐內特斯帝國的領土，熱鬧的城鎮自然比森林景致有趣得多，沈夜不想待在馬車裡也不足爲奇。

沈夜現在的心很亂。他先前一直以爲自己在失落神殿消失，到重新出現在魔獸森林的時間並不長。但現在看來，他竟然在那個神祕的空間中待了整整十五年！

十五年的時間，這個世界的狀況已與小說劇情明顯出現了分歧。路卡沒死，而前任皇帝卻如小說情節般過世了。結果登上皇位的人變成路卡……那現在的阿爾文，應該是成爲親王了？

依照目前情況，阿爾文故意僞裝成商隊進入歐內特斯帝國，目的必定與賽婭有關。難道賽婭在歐內特斯帝國發生了什麼事，需要阿爾文與伊凡親自去接她回來？

隨即，沈夜便想到賽婭已成為魔法師，還代表國家出國交流，少年的嘴角便忍不住愉悅地勾起。他知道賽婭的魔法天賦不俗，可惜卻被德斯蒙得陷害而夭折，使一身才華無法施展。現在得知賽婭似乎過得很不錯，也不枉他當初冒險把人救回。

然而想到這裡，沈夜卻又不禁頭痛起來。現在賽婭沒死、路卡成為皇帝、阿爾文變成了親王、伊凡是阿爾文的部下……這是什麼跟什麼啊!?

看到孩子們的命運朝著好的方向改變，沈夜很是欣慰；然而來到這個世界，沈夜最大的倚仗便是熟知劇情的走向。可惜這個先知先覺的優勢，卻在他這隻小蝴蝶的翅膀搧動下，搧啊搧地搧走了。

最要命的是，他一開始認不出長大後的阿爾文與伊凡，結果說了一大堆謊言。現在才告訴他們自己就是沈夜，那兩個孩子會相信嗎？

想到小說中阿爾文備受打擊下形成的扭曲性格，再想到伊凡殘忍無情的個性……雖然命運軌道已不同，現在這兩棵小樹苗應該沒有歪得那麼厲害，可是人的本性是難以改變的。沈夜覺得現在才坦白身分，大有可能會被他們視為可疑人士，並抓起來嚴刑逼供啊！

另外，如果他們問自己爲什麼保持十六歲的模樣，該怎麼解釋？說自己長生不老嗎？也不是不行，但瞞不了太久，除非他往後眞的不會變老。

直接說出眞相嗎？告訴他們自己是從異世界穿越而來，後來放棄回到原本的世界，想不到卻是「天上一天，人間一年」，再次回來時已過了足足十五年。

可是如此一來，便要推翻自己一開始來到這個世界時的說法，說不定將來有天還會被阿爾文他們知道，他們一直活在他創造的小說世界中，還爲眾人定下了非常悲慘的結局……

不！不行！

這樣絕對會被討厭的，沈夜難以想像阿爾文他們知道眞相後，會用怎樣的厭惡眼神看他！

然而要再用新的謊言，去掩蓋舊謊言嗎？

尤其阿爾文他們這些由沈夜親自養了一段時間的「親兒子」，在沈夜的心中是特別的，佔了很重要的位置。先不說能不能瞞得下去，少年實在不忍心在無聲無息丟下他們十多年後，還用新的謊言繼續瞞騙。

經過慎重考慮後，沈夜決定還是先不與阿爾文他們相認，等到對方認出自己時再說。

雖然逃避並不是解決問題的最佳方法，但沈夜實在需要時間想一想，以及好好適應現在的情況。

畢竟在沈夜心目中，阿爾文與伊凡在不久前才只是個被他想抱便抱的可愛小包子，但如今卻突然變成英俊挺拔的青年。而且他們的身分都已轉變，甚至連路卡都成了皇帝。這劇情跳脫得有點大，沈夜一時之間實在消化不了！

於是沈夜在完全不知已被認出來的狀況下——裝傻了。

阿爾文也因爲自身的惡趣味，裝作與沈夜只是剛認識不久。結果在雙方莫名其妙的默契下，這個狀況便繼續保持下去。

□

在商隊進入歐內特斯帝國的同時，賽婭已帶著傑瑞米通敵賣國的證據離開了魔法學園，並隱藏身分待在城內，靜候援軍出現。

現年二十一歲的賽婭，已從當年那名骨瘦如柴的小侍女，成長爲知性且美麗的魔法師。

路卡與阿爾文看在沈夜的份上，這些年也很照顧伊凡兄妹。伊凡直接跟隨在阿爾文麾下，賽婭則被布倫丹收爲弟子。

而賽婭也沒有辜負眾人，不僅年紀輕輕便成爲魔法師，還單憑一人之力修改了幾條魔法公式，大大減少輸出魔力所花費的時間。

在歐內特斯帝國進行魔法交流期間，賽婭無意中發現傑瑞米通敵賣國的罪證，並冒著生命危險偷走證據，顯示出這名看似嬌弱文雅的年輕女子，有著外柔內剛的堅毅性情。

此刻僞裝成平民的賽婭一身粗衣麻布，金紅髮絲與姣好面容如一般農家少女般，蒙上一層塵土；再加上她沒自信而微微低垂的腦袋，看起來就是個混在人群中也不會有人注意的尋常農家女。誰也不會想到，這少女不久前還是名身穿高貴魔法袍，柔美中閃耀著自信的魔法新星。

尊貴的魔法師與農家少女，這兩種身分本應格格不入，但發生在賽婭身上卻不是太大的轉變。

沒有多少人知道，這朵享譽艾爾頓帝國的魔法之花，曾飽受怎樣不公平的待遇。賽婭曾是比農民更爲低下的奴隸，直至一名善良的黑髮青年買下她，她才知道原來麵包也可以是鬆軟溫熱的。

雖然經過十多年養尊處優後，賽婭實在有些不習慣平民生活，可是更多的是一股懷念感。這讓少女想起跟隨在沈夜身側的那段短暫時光，同時也是自己珍貴無比的回憶。

賽婭從有記憶以來，便與伊凡相依爲命。她不知道自己的父母是誰，但卻不防礙少女對「家」的渴望。

在路卡他們的幫助下，賽婭查出原來自己曾是他國貴族，卻因國家戰敗而與兄長雙雙淪爲奴隸，而剩餘的家人也在戰亂時死的死、散的散。

賽婭不禁感慨自己的人生是如此地戲劇性。她曾有著顯赫的貴族血統，後來成爲孤兒，被德斯蒙得收養後成了侍女，後又因對方的貪婪而變成奴隸，在快要絕望之際，被沈夜所救。可惜這位給予她溫暖與庇護的恩人，一失蹤便是十五年。

敲門聲響打斷了賽婭的思緒，她沒有打開門，而是隔著房門詢問：「誰？」

門外傳來旅館侍應的聲音：「打擾了，您有朋友外找。」

少女雙目一亮，臉上不由自主地浮現驚喜神色。

來到歐內特斯帝國後，賽婭一直與伊凡保持聯絡。在她帶著證據潛逃時，便立即通知了伊凡。至今清楚知道她行蹤的只有伊凡一人，所以會來旅館找她的也只有伊凡，以及前來接應的援軍。

雖說賽婭個性堅毅，然而她也只是個年輕女子，獨自一人帶著傑瑞米的罪證在異國躲藏，難免會有膽怯的時候。

現在總算有同伴前來接應，賽婭一直擔心受怕的心才總算安定下來。這段時間一直緊繃的臉蛋，也總算浮現出笑容。

但賽婭並沒有因為喜悅而輕率地立即開門，而是詢問：「我的朋友？是誰？」

門外的侍應沉默片刻，賽婭便聽到另一個聲音說道：「賽婭大人，抱歉讓您久等了，我們是來接您回國的。」

賽婭聞言笑了，聲音充滿喜悅：「你等一下，我馬上開門！」

隨即，房內便傳來啪啪啪、踏在木地板的腳步聲。

此刻房門外，除了旅館侍應外還站著一群人。然而這些人卻不是前來接應賽婭的阿爾文等人，而是歐內特斯帝國派出來捉捕她的特殊部隊！

爲首的是一名身材高眺的青年，這人正是特殊部隊的首領巴德。他舉止優雅，看起來就像是個受過良好教養的貴族；然而仔細看他的眼眸，便會發現裡面冰冷得沒有一絲感情。與他雙眼對視時，彷彿被一條陰暗、濕漉的毒蛇盯著似的。

巴德是個十分出色的戰士，他的可怕除了因爲一身強大的實力，還來自於他的謹愼。就像此次追捕的人雖只是名落單的年輕魔法師，但他卻依然嚴陣以待，沒有因而掉以輕心。

不久前收到消息，艾爾頓帝國一名前來交流的女魔法師賽婭神祕失蹤，隨同她消失的，還有一份重要的國家機密。此次巴德的任務便是找到這名女魔法師，奪回丟失的資料，並且將人暗地處決。

但是每個前來魔法學園交流的魔法師，都受到魔法協會保護。這些人即使犯了罪，國家也不能隨意處置，必須把人交回他們的出生國，並讓魔法協會對他的罪行進行裁決。

可是如此一來，即使能奪回資料，也不能阻止那位名叫賽婭的魔法師把傑瑞米與他們的交易洩露出去。因此最好的解決方法，便是讓她再也開不了口。

世上還有什麼比死人更能守得住祕密呢？

至於保護魔法交流生的法令？把人殺死後，都是他們說了算，屆時再推給殺人犯或魔獸就好。反正艾爾頓帝國也不會爲了一名死掉的魔法師，而與他們國家開戰。

歐內特斯帝國中布滿著巴德的眼線，雖然賽婭已經很小心，但在躲藏一段時間後，仍被找到藏身之處。

於是巴德在不驚動他人的情況下，領著麾下的小隊埋伏於旅館四周，並堂而皇之地僞裝成艾爾頓帝國的人，目的便是讓賽婭乖乖跟他們走。到時不光能輕鬆從賽婭手中哄騙回丟失的資料，還能把她領至合適的地方再下手。

看著打開房門的少女，巴德微微垂首，掩飾著目中精光。雖然眼前人穿著廉價衣物、出色的容貌與髮色也蒙上一層塵土，然而巴德憑著豐富的經驗，以及多年訓練出來的眼力，還是一眼認出她正是此次任務的目標。

巴德心裡生起冷冽的殺意，然而臉上神情卻是愈發和藹可親：「賽婭大人，您辛苦了。」

面對門外的來者，賽婭毫不懷疑地笑迎上前，道：「感謝大家趕來，眾位也辛苦了。」

Chapter 6
賽婭的反擊

當阿爾文等人來到賽婭落腳的小城鎮時，傑夫向沈夜建議道：「沈夜，你是第一次到歐內特斯帝國對吧？等下商隊還要進行商品交易，會很忙，顧不上你，而且交易時也不方便有別人在……要不我帶你到處觀光一下？」

沈夜挑挑眉，知道這裡大概便是阿爾文他們的目的地，眾人喬裝打扮是準備要行動了吧？

想到這裡，沈夜決定還是不要留下來扯後腿，識趣地點了點頭：「那就麻煩你了。」

阿爾文給了沈夜一袋錢幣，略帶抱歉地說道：「可惜我有事情要辦，無法親自帶你逛歐內特斯帝國，看看這裡的景致。」

沈夜接過阿爾文遞來的錢袋，手中的重量顯示裡面的錢幣數量絕對不少。他並沒有打開來，而是立即想還給阿爾文：「太多了，這些我不能要……」

阿爾文拍了拍沈夜的肩膀，道：「拿著吧！就當是我借你的。逛街時沒有錢多掃興。」

聽到阿爾文的話，沈夜想想也覺得有道理，便不再堅持了。

拿著錢袋的沈夜忍不住喜孜孜地想，阿爾文不愧是自己教出來的孩子，看他多善良、多體貼，對朋友多豪爽、多有義氣！這麼完美的孩子到哪裡找？

察覺阿爾文是當年的小皇子後，沈夜看他是各種順眼，而且完全無視雙方年齡上的轉變，不自覺進入「再可愛的孩子，也沒自家孩子來得可愛」的傻爸爸模式。

沈夜卻不知道，要不是阿爾文早已知道他的身分，不利用他已經很不錯了，更別說對只是個泛泛之交的少年如此照顧。

告別了阿爾文，沈夜拿著新到手的零用錢，與傑夫一起離開商隊，開始在這個位處歐內特斯帝國邊境的城鎮中閒逛。

歐內特斯帝國是個武者天下，人民狂野又奔放。即使只是座小城鎮，依然能看出路上行人行走間皆虎虎生威，顯然都受過武術訓練，擁有一定的自保能力。

沈夜這個沒什麼實力的普通人，與這裡的平民相較之下，簡直是隻等人欺負的小綿羊，而且是剛剛拿到零用錢、胖胖的肥羊……

幸好沈夜很有自知之明地一直緊跟傑夫身旁，有了傑夫這個人高馬大、一看便知不好惹的保鏢，倒是沒有不長眼的人敢招惹他們。

在沈夜與傑夫買了一串用野果所製、有點類似地球的冰糖葫蘆的零嘴，吃得津津有味之際，看似漫不經心、實則一直警戒四周狀況的傑夫，倏地停下前進的腳步。

「怎麼了？」沈夜吃下最後一枚加了糖霜的野果，同時疑惑地望向突然停下的男子。

只見傑夫收起平時痞痞的笑意，眼神銳利地看向一處冷清的巷道，即使聽到沈夜的問話也未移開視線：「我剛剛看到賽婭了。」

身爲阿爾文的心腹部下，傑夫自然有著他的過人之處。其中一點便是他有著一雙老鷹般的眼睛，無論是高速移動，又或者距離很遠的東西，他都能看得清楚。

沈夜的眸子閃了閃，隨即一臉天眞地詢問：「是阿爾文的妹妹嗎？他們已經把事情辦好了？」

傑夫猶豫片刻，隨即答道：「不……帶著賽婭的，是一些不認識的人，而且似乎來者不善。」

有一點傑夫沒有說出口，便是那群人除了賽婭外，他還認出曾在多次任務中與自己交手過的巴德！

見巴德與賽婭一起行動時，傑夫便知道事態不妙。想不到他們終究比歐內特斯帝國的人馬慢了一步，最後還是功虧一簣嗎？

沈夜聞言瞪大雙目：「那怎麼辦？我們跟去看看吧，可不能任由賽婭遇上危險！」

傑夫卻猶豫了。雖然他們這次前往歐內特斯帝國的目的，是要把賽婭和她所持有的證據護送回國。然而他現在的任務，是要好好保護沈夜的安全。

不追上去，天曉得賽婭會被那些人帶往何處。可是追上去不免會為身邊的少年帶來危險。

明明目標就在眼前，傑夫實在不想錯過這個機會。但無論是帶著沈夜，還是丟下人生地不熟的沈夜，似乎都不是妥善的做法。

正當傑夫舉棋不定之際，沈夜卻已焦慮地拉著他：「怎麼了，再不追上去就要跟丟了。」

因爲事關重大，知道賽婭手中的罪證與傑瑞米有關的人，就只有與賽婭聯絡的伊凡、皇帝路卡，以及這次任務的首領阿爾文。傑夫雖然不知道賽婭掌握的資料到底是什麼，但能讓阿爾文親身犯險，可以想像得到它的重要性。

最終國家利益在傑夫心裡佔上優勢，見沈夜表現得如此積極，他便順水推舟配合著：「沈夜你聽著，我們現在只有兩個人，絕不是那些人的對手。因此我們只能偷偷跟上去，再找機會出手救下賽婭。你一定要緊跟我，聽我的命令行事，知道嗎？」

沈夜嚴肅地保證：「放心，我知道這嚴重性。」

獲得沈夜的保證，傑夫便領著少年一起追上去。雖然先前浪費了一些時間，但幸好賽婭他們走得不快，而且一路上也沒有岔口，因此兩人很快便追上了對方。

因爲有沈夜在，傑夫不敢跟得太緊。見前方一行人前進時，賽婭被那些人包圍在中心位置，不著痕跡地堵住了她的所有退路，傑夫皺起眉，更加不敢輕舉妄動。

所幸賽婭的四肢仍是自由的。她並未被那些人押著走，身上也沒有扣上手銬之類的東西。見賽婭自願跟著對方走的模樣，她似乎還不知道這群人是歐內特斯帝國的人；以少女現在的合作程度，說不定已被巴德哄騙，誤以為這些人是艾爾頓帝國派來的援軍！

至於巴德為何如此大費周章行事，身為他的老對手，傑夫能猜出一二。巴德大概是怕賽婭這名魔法師在資料上動手腳，因此才以同伴身分出現，欺騙她主動交出資料。

畢竟身為魔法師，賽婭實在有太多令人防不勝防的小手段可以施加在那些資料上。巴德可不會允許自己的任務出現任何紕漏。

想到這裡，傑夫提起的心稍微放鬆，至少在巴德哄騙賽婭交出資料前，暫時不會對她出手才對。

傑夫並沒有猜錯巴德的心思，然而他卻算漏了一點，巴德之所以對賽婭使出這種相對柔和的手段，除了打算哄騙她主動交出資料外，還有就是要帶她到適合的地方殺害。

要是被人知道他們在沒有審訊的情況下殺死賽婭，屆時無關乎什麼原因，他們國家都會成為理虧的一方。

然而賽婭是名出色的魔法師，要祕密殺死她實在是頗具難度。只要雙方展開戰鬥，魔法師出招時的動靜必定會引來注意，事情很容易會洩露出去。即使他們趁賽婭不備時進行偷襲，但魔法師的手段繁多，令人防不勝防，巴德無法保證能完全做到神不知鬼不覺。

因此他現在僞裝成援軍，除了想取回被盜走的資料，更有著把人帶至隱密地點毀屍滅跡的念頭，對賽婭的心思絕非傑夫所以爲的那般溫和！

沈夜與傑夫小心翼翼地尾隨巴德一行人，四周景物變得愈來愈冷清。最終他們來到一個破敗的區域，此處建築物全帶有歲月的痕跡，有些甚至已破損得無法住人。整片區域居然一個居民也沒有，活脫脫是座死城！

歐內特斯帝國的人民都知道這裡曾是片繁榮的地區，可惜一場可怕的瘟疫，把這裡徹底毀了。

國家封鎖此處多年，近期才重新開放。雖然裡面的屍體都已被城衛兵清理乾淨，但這區域卻是人民心中永遠的痛。當年因瘟疫而被迫離開家園的人，並不想回來面對故鄉衰敗的景象，結果便一直維持現狀。

巴德之所以選擇把賽婭帶來此處，除了因爲這是座無人居住的死城外，更重要的是，這裡還發生過不少怪事。

傳說這裡有發著綠色火光的亡靈四處飄蕩，明明是沒有人居住的房屋，卻經常傳出奇怪聲音，有時晚上還能看到點燃油燈的光亮……

有了這些傳說鋪陳，即使因賽婭有所反抗而被人發現，他們也能把事情僞裝成傳說中的靈異現象。事後只要處理好屍體與所有證據，讓少女「人間蒸發」並非難事。

看到巴德把賽婭帶進一棟保存較完好的房屋後，沈夜小聲向傑夫說道：「看樣子他們會在屋裡待一陣子，傑夫，你快去通知阿爾文他們吧！」

「那我走了，你好好躲起來，無論發生任何事都不要出來。」傑夫也明白機不可失，現在不是拖拉的時候。雖然他放心不下沈夜獨自留守，然而少年跑得不快，帶著他不只拖累救人的速度，還會增加被巴德那群人發現的風險。

獲得沈夜保證，傑夫便迅速離去。奔跑間竟沒有發出絲毫聲響，即使沈夜正爲賽婭的處境擔憂不已，也不禁因傑夫的小露身手而驚歎。

賽婭在巴德等人的「保護」下，總算暫時在廢屋裡安頓下來，她癱坐在椅子上揉著雙腿。魔法師的身體一向嬌弱，更何況女性天生不比男性強壯，這一路下來已讓她疲累不已。

雖然累得幾乎走不動，但賽婭卻沒有忘記他們仍身處危險之中：「巴德先生，我們停留在這裡沒問題嗎？還是快些離開歐內特斯帝國才是上策。」

巴德聞言勾起了嘴角。這個男子的笑容很有親和力，總是能讓人對他放下戒心：「賽婭大人請放心，這一區是被遺忘的存在，平時不會有人進來的。何況賽婭大人您也須好好休息一下，天黑時我們再啓程，夜色會成爲我們最佳的保護色。」

賽婭嘆道：「這樣也好，是我太心急了。你說得對，即使勉強我也走不動了，還是休息一下得好。」

看著賽婭累得動也不想動的模樣，巴德眼中閃過滿意神色。跑不遠的獵物，在狩獵時才能確保萬無一失啊……

「賽婭大人，請問那份資料現在在您身上嗎？」見時機成熟，巴德便開始探聽資料的所在之處。

聽到巴德開始向賽婭詢問資料的事，不待他做出任何命令，其他訓練有素的部下們已暗暗封鎖少女的所有退路，並緊盯她的一舉一動；只待對方交出資料後，便會立即動手。

賽婭停下揉著小腿的動作，道：「當然。請放心，那份資料已被我的魔法妥善保護著。」

巴德聽到資料安然無恙後，恰到好處地展現出鬆了口氣的神情：「那就好。因爲賽婭大人現在已成爲歐內特斯帝國追捕的目標，資料放在您的身上並不安全，請將資料交給我們，我們負責將其護送回國。」

賽婭挑了挑眉，道：「你們現在就向我要資料，該不會打算資料拿到手後，以我爲餌吸引歐內特斯帝國的注意，好方便你們把資料送回國內吧？」

巴德正色說道：「賽婭大人怎會這麼想呢？陛下既然指派我們前來保護您，我們自會拚盡全力，絕不讓大人您受到絲毫傷害。」

看到巴德嚴肅的神態，賽婭也收起笑容，道：「巴德先生，剛剛的話我是開玩笑的，希望你不要介意。我當然明白資料的重要性，把它交給你們，我也能夠放心。」

說罷，賽婭便伸手輕握頸上的吊墜，一道光芒乍現，少女原本什麼也沒有的掌心中，躺著不知何時從吊墜中取出的一枚小小玻璃珠子。

「這是？」看到玻璃珠時，巴德眼神閃爍，心中已然有所猜測。

賽婭微笑著解釋：「一點自創的小手段，資料就存放在這珠子裡。」

巴德眼中閃過一絲狂喜，並爲自己高明的戰略沾沾自喜。沒想到賽婭竟把資料藏在吊墜中，要是他們一開始便出手攻擊，即使能夠成功殺死她，資料說不定還是會流傳出去。

巴德接過賽婭遞來的玻璃珠，正要詢問怎樣才能取出封印在裡面的資料，卻見玻璃珠表面閃過一道由光芒刻劃而成的魔紋。

巴德愣了愣，正以爲魔紋的出現是因爲賽婭使用魔法取出資料時，卻瞬間異變突生！

原來微弱柔和、看似沒有絲毫侵略性的光芒倏地變得刺目，隨之而來的是驚人的炙熱！

一道烈火從玻璃珠內爆出，直把屋內一切盡數吞噬！

在火焰爆發的瞬間，賽婭已使出魔法盾將自己穩穩包住，同時也沒浪費任何時間，毫不猶豫地直往大門方向奔去！

可惜就在賽婭快要成功奪門而出之際，烈焰中射出一道劍芒，瞬間把她逼了回去。

從玻璃珠內爆出的火焰出現得突然且威力強大，但維持的時間並不長，火焰很快便熄滅，露出了被大火吞沒的巴德等人身影。

巴德渾身上下被鬥氣護得密不透風，但因賽婭出手實在太過突然，而且還趁巴德自以爲得到資料、心神最鬆懈的瞬間行動，猝不及防下，他身上仍免不了留下幾處燒傷，但不算嚴重，只是看起來有些狼狽。

然而他的部下就沒這種好運了。活下來的身上盡是燒傷，這種傷勢對擁有鬥氣的武者來說雖不致命，卻已幾乎使他們失去戰鬥的能力。有幾名離巴德較近、來不及使出鬥氣護體的，更是被烈焰直接燒死！

雖然巴德因賽婭偷襲得手而受了傷，但還是在少女逃走之際，迅速做出反應把她逼退回來。他要是沒擊出的那一劍來阻擋賽婭逃走，這次偷襲說不定還眞能讓她突出重圍。

於此之際，巴德自然知道賽婭早已識破他們的詭計。她之所以跟著他們走，只是將計就計地裝作被哄騙的模樣，再乘機反擊。

「我很好奇，您從什麼時候發現的？」雖然已不再須要僞裝自己，然而男子卻早已把這種僞裝視爲本能。即使剛才巴德才因爲賽婭的攻擊差點命都沒了，卻仍向少女笑得溫柔，態度甚至還如先前般透露著尊敬。

偏偏在這種撕破臉的狀況下，巴德這有如情人般的溫柔卻令人生出一股毛骨悚然的寒意。

「從一開始。」賽婭不介意與對方多說一會兒話，雖然除了巴德外，其他敵人全都受到不輕的傷勢，但在這種敵我雙方人數懸殊、對手比自己實力強大的狀況下，要脫困實在是痴心妄想。

無計可施下，她只得盡力拖延時間，試圖尋找另一個突破的機會：「我的兄長很疼愛我，也是第一個知曉我出事的人。同時，兄長是阿爾文親王的部下，以他的性情，一定會請求親王閣下允許，讓他親自前來歐內特斯帝國接我回去。但你們這些聲稱要把我迎回帝國的人中，根本沒有兄長，所以從一開始我就知道你們在說謊了。」

巴德有些意外地挑了挑眉：「所以這一路上您都在演戲嗎？」

賽婭道：「既然你們花那麼多心力想向我套話，那我總得禮尚往來才對得起你們的辛勞，不是嗎？」

巴德微微一笑，手中的劍掄起一個劍花：「讓賽婭大人您那麼費心，還真是我的榮幸。」

本就長得一張好皮相的巴德，笑容十分俊朗，連嘴角勾起的弧度也彷彿是計算過地恰到好處。然而與那抹笑顏相反，男子的眼神就像條毒蛇，充滿難以言喻的惡意。

賽婭很不喜歡巴德盯著自己的視線，皺起了眉，道：「你們想奪回的資料已被我用魔法妥善保護，即使你們殺死我、掩蓋掉所有痕跡，我還是有方法讓它在將來重見天日！」

巴德悠然說道：「您就那麼有自信嗎？要知道我們審問犯人的技巧可是一等一的好，有很多令人求生不得、求死不能的手段，相信賽婭大人您不會想要知道的。」

巴德的話，已是赤裸裸的威脅了。

賽婭聞言神色未變，只抿起了嘴不再說話。在避無可避之時，也唯有一戰。

□

沈夜躲在屋後的暗角處不敢亂動，雖然滿心焦慮，但他很清楚自己即使衝出去也幫不上忙，反而還得讓別人分神保護。好好藏起來，已是沈夜現在所能做到最好的事了。

偏偏命運卻像故意與他開玩笑般，沈夜只不過因長時間維持著同個姿勢而有些疲累，想要倚靠後方牆壁打算休息一下，背部卻突然感到一陣劇痛！

沈夜幾乎用盡全身力氣，才忍住快要脫口而出的呼痛聲。

少年第一時間的想法便是自己受傷了，立即回頭往先前倚著的牆壁看去，想看到底是什麼東西傷了自己。只見石磚間長著數棵他只看了一眼、便眼角直抽的植物——月美人！

這種有著美麗名字的植物，實際上是一些毛茸茸、不起眼的細小野草。在他的設定中，每到月圓之夜，這種植物便會發出幽幽藍光，並且整夜無風自動地擺動著枝葉，就像是在月色下翩翩起舞的美人。

因為這種特性，月美人一直是貴族們很喜愛的花卉；再加上這種植物生長極慢，種植困難，以致一直供不應求，價格也在市場中居高不下。

可是這種花卉卻有一個缺點，它們的葉子上布滿著細小毛刺，這些毛刺看起來毛茸茸、沒有殺傷力，其實卻帶有令人無法忽略的毒素。只要被刺入皮膚便會引來陣陣劇痛，而且痛楚會隨著時間迅速加倍。這種毒素雖不致命，可是一枚小小的毛刺，便能引起被人斬上一刀般的痛楚。

沈夜怎麼也想不到在這座毫不起眼的破舊房子牆壁狹縫間，竟長滿昂貴的月美人，所以一不小心便中招了。現在背部還只是陣陣抽痛著，但沈夜知道要是不快點拔出陷在肉裡的毛刺，這份痛楚很快便會隨著時間而倍增。過度的劇痛會導致休克，這可是要人命的事！

要命的是，現在沈夜別說是找人來幫忙處理傷口了，就是動作大一點或忍不住痛呼出聲，都會立即暴露自己的存在。因此少年只得拚命忍住背部愈來愈強烈的痛楚，只希望傑夫快點帶回援兵，救出賽婭，他才好找人幫忙解除這折磨人的痛苦啊！

Chapter 7
月美人

當沈夜因痛楚而流得滿額冷汗，屋內卻突然傳來一陣爆炸聲，牆壁上那些害得他半死不活的月美人，更是因爲從室內傳出的熾熱而迅速化爲焦黑。幸好沈夜因害怕不小心再碰到這些月美人，與牆壁保持著一定的距離。即使如此，他仍感到一股熱浪撲面而來。

看著變成焦炭的月美人，沈夜突然覺得剛才受的苦也不算白受。如果他沒有被月美人刺傷，現在應該正倚在牆壁上休息，到時靠著牆壁的背部就不只是被毛刺刺到，而是變成烤肉了！

那些火光，是魔法嗎？

難道是那些人對賽婭出手了!?

就在熱浪傳出之際，沈夜發現除了窗戶，不遠處的牆壁也有火光射出。他強忍背部愈發猛烈的痛楚，小心翼翼地移過去察看。果然，由泥磚築起的牆壁上，有條不大的狹縫。

原本這條狹縫一直被藤蔓遮蔽著，要不是透出火光吸引了沈夜注意，同時屋內捲出的火舌把藤蔓燒燬，他還眞不知道在自己藏身的不遠處，竟有著一條能窺視到屋內情景的狹縫！

火光消散得很快，沈夜從狹縫看進去，正好看到賽婭被人包圍著、與巴德對峙的模樣。

看到那些人幾乎被大火烤成乳豬了，卻仍有餘力圍堵賽婭，沈夜不得不感慨這個世界的武者體格真夠變態。

沈夜同時也焦慮不已，連他都看得出賽婭在拖延時間，那些人沒道理不知道。看他們的樣子，似乎已快耗盡對賽婭的耐心，想要對她出手了。

難道阿爾文他們還沒趕到嗎？

此時，一隻溫熱有力的手從沈夜背後突然伸出，一把摀住少年受到驚嚇、欲驚呼出聲的嘴巴！

沈夜嚇得心臟快跳出來，立即仰起腦袋想撞擊對方下頷，卻被身後的人輕易閃開。對方力氣很大，單手便緊緊制住沈夜。

即使明知道徒勞無功，沈夜仍然沒有放棄掙扎。然而少年的動作，卻在看到突然出現在身旁的青年時倏地止住。

此刻在沈夜身邊的，是豎起食指放在嘴巴前，向他做出噤聲手勢的阿爾文！

見沈夜已冷靜下來，身後的人便收起箝制的手。沈夜回頭看去，剛剛制住自己的人正是伊凡！

迎上青年冷冰冰的眸子，沈夜覺得剛剛想用頭撞擊伊凡的動作，只換來對方伸出手臂箝制，而不是直接捅他一刀，實在是萬幸啊……

心神放鬆下來後，沈夜覺得背上的痛感變得更加劇烈。先前生死關頭時因爲緊張，忽略了背上的痛楚，現在冷靜下來後，疼痛頓時排山倒海而來。沈夜覺得背部彷彿被一刀一刀切下肉般地疼，而且痛楚出現的頻率愈來愈密集，簡直是被人凌遲似的痛苦呀！

但現在最重要的是先處理那些包圍賽婭的殺手。賽婭的情況已很危急，而沈夜痛歸痛，一時半刻也死不了，孰輕孰重，少年還是分辨得出來。

他忍著痛楚拉了拉阿爾文的衣袖，隨即伸手指向那道能看見屋內情況的狹縫。

此刻少年已痛得說不出話，只能以手勢說明；額上更是因陣陣傳來的劇痛而滿布冷汗。

爲避免被屋內的巴德等人察覺，眾人本就不會出聲，再加上剛剛沈夜受了驚嚇，他們只以爲少年額上冷汗是被嚇出來的，因此沒人察覺到他的異狀。

阿爾文用手勢示意一名部下留下保護沈夜的安全，其他人則做好突襲的準備。

那名負責保護沈夜的護衛名爲查克，是阿爾文部下中年紀最小、同時性格也最跳脫的一位。查克才加入阿爾文麾下不久，年輕氣盛的他，原本打算在此次任務中爭取好表現，可惜現在爲了照顧沈夜這個除了控制魔獸外，便一無是處的累贅，這個如意算盤只得打消了。

因爲沈夜的關係，查克失去了爭取表現的大好機會，心裡感到十分不快，自然對少年不會有好臉色。然而沈夜此時已痛得眼冒金星，根本沒注意對方變得陰沉的面孔。

爲了避免被戰火波及，查克把少年帶離開屋子周遭。遠離戰場的二人退至一處相對安全的地點後，便蹲在障礙物後方，遠遠觀察小屋的動靜。

查克與沈夜之間的距離非常貼近，兩人並肩貼在一起，因此年輕護衛能清楚感覺到少年正哆嗦顫抖著。

見狀，本就對沈夜心生不滿的查克，臉上的神情更顯鄙夷了。

雖然看不起嚇得抖個不停的少年，可是查克也不希望對方因過度緊張而做出任何犯傻的舉動。反正他們已遠離小屋，在這個距離下說話小聲些，屋裡的人是不會聽到的。

因此查克壓下滿心不耐，放低音量向沈夜說道：「別害怕。我既然負責你的安全，眞發生什麼事情，會立即帶你離開，不會讓你受傷的。」

沈夜很想告訴查克他不是害怕，而是快要痛死了。不過現在並非處理傷勢的時候，爲免查克分心，沈夜只得胡亂點了點頭應付。

見少年依舊嚇得一臉蒼白地抖啊抖，查克翻了翻白眼，便決定不再理他。

另一方面，阿爾文正透過沈夜發現的狹縫，監視著屋內狀況，尋找最佳突襲時機。

其他人已分散在屋子各個出入口，或窗戶、或大門，只要阿爾文一聲令下，眾人便會立刻衝入屋內救人！

值得一提的是，伊凡在眾人分散開來佔據各個出入口時，便已不見蹤影。就連遠遠盯著眾人一舉一動的沈夜與查克，竟也未注意到他是何時消失、跑去何處。不知道青年是像眾人一樣躲在暗處伺機而動，還是早已成功潛進屋內。

此時在屋裡的巴德，並不知道自己已成甕中之鱉，依舊不遺餘力地遊說賽婭，試圖讓她交出資料。

「賽婭大人您真是太頑固了。雖然我們都受了傷，但您對上我們依舊沒有勝算。艾爾頓帝國到底有什麼好，值得您如此爲他們賣命？想想大人您正值花樣年華，還是個尊貴的魔法師，這麼死去，難道您不會不甘嗎？我們陛下很賞識您的才華，如果您願意把東西交出來，並向創世神發誓歸順歐內特斯帝國，那麼我們必將您奉爲上賓。艾爾頓帝國能給的東西，我們一樣能給！」

巴德這番話倒不是虛言，在他接到這次任務時，皇帝亞伯勒便已說過可嘗試招攬賽婭。畢竟魔法師一向稀少，而賽婭的天賦還如此出色；如果既能解決機密外洩的問題，還能招攬一名成就將無可限量的魔法師，這種穩賺不賠的事豈可不做？

現在就要看賽婭到底是抵受不住威逼利誘，接下他們拋出的橄欖枝；還是決定寧爲玉碎、不爲瓦全。

賽婭聞言微微一笑：「同樣的話，我也想對巴德先生說。雖然我們的路卡陛下沒有發話，但我相信憑著你的才華，只要安全護送我回國，我們艾爾頓帝國定會奉你爲上賓。歐內特斯帝國能給的東西，我們一樣能給。」

「賽婭大人您眞會開玩笑。」巴德臉上的微笑依舊，然而眼神卻益發冰冷。既然這少女不識抬舉，巴德便熄了招攬的打算，決定先動手制住人，再逼她交出東西。

巴德一邊繼續與賽婭聊著，手卻隱蔽地做了個手勢。頓時，包圍賽婭的一眾殺手，以雷霆萬鈞之勢齊向少女出手！

在巴德等人行動的同時，一道火牆瞬間包圍住賽婭四周。顯然賽婭也不是全無防備的。可惜她的實力本就不及對方，這道由烈火形成的牆壁很快便被巴德的鬥氣割開，露出藏於烈焰中的少女身影。

但此時賽婭已準備好新的魔法，地面「嗖嗖嗖」地長出許多粗大尖刺；有幾名殺手躲避不及，被刺穿了身體，插在尖刺上發出淒厲慘叫。

賽婭雙目閃過一絲不忍，卻很快被堅毅取代。她很清楚現在是不死不休的局面，這些人全都是敵人。要是自己戰敗，所受的痛苦必定遠不只如此，所以她一定得獲勝！

巴德想不到賽婭這個看似嬌滴滴的少女出手竟這麼快、這麼狠。剛剛他一直很合作地與她聊天，任由對方拖延時間，爲的便是在進行突襲時，讓她來不及唸出魔法咒語，然而這少女……竟濃縮了魔法咒語！

巴德被這一手殺得措手不及。尤其在賽婭的操控下，這些尖刺有三分之一都往他身上招呼。即使他的力量比較強，一時間也被逼得狼狽。

避過數道從地面射出的尖刺後，身處半空的巴德眼看就要躲不掉，便連忙揮動手中長劍，附在劍上的鬥氣竟射出一道耀目劍芒，把足有兩人粗的尖刺從中斬斷！

賽婭畢竟不像巴德是個身經百戰的戰士，雖然她的魔法天賦出色，卻沒有什麼實戰經驗，很多事都只在理論階段。這導致她面對危險時，應變能力遠遜於巴德。見對方如此輕易斬斷尖刺，賽婭一時間慌了，不知道該怎樣應變才好。

是繼續攻擊嗎？還是用魔法盾防守？

戰場上瞬息萬變，每個選擇都可能危及性命；然而做出正確應變處理卻是讀再多的理論也無法體會，必須直接透過戰鬥與鮮血的洗禮才能體悟。賽婭這種遲疑，則是戰鬥中的菜鳥最常出現的狀況。

眞正熟知戰鬥的戰士，對於自身能力早已了然於心，面對危機時能本能地即時做出最適合的反應，而巴德更是當中的佼佼者。賽婭只是稍微遲疑了數秒，便讓對方立即找出破綻，鬥氣形成的劍芒直向賽婭斬去！

賽婭連忙使出魔法盾防護，然而倉促間形成的魔法盾，面對巴德的劍芒就像是紙糊般，一擊便碎！

其實賽婭的實力雖不及巴德，但也沒有相差這麼多。由於她的魔法並非眞正意義上的瞬發魔法，而是用了取巧的方式，以魔法的威力爲代價來縮短咒語的長度。咒語變得愈短，魔法便愈弱。

這種簡化版的魔法在戰鬥中的確能發揮很好的奇襲作用，只是當對手無論是實力還是戰鬥經驗都完勝她時，賽婭便悲劇了。

就像現在面對巴德的襲擊，少女匆忙設下的魔法盾根本無法達到防御的效果！

魔法盾破碎的瞬間，賽婭便立即明白自己犯下的錯誤。要是剛剛利用魔法進行瞬移也許還有一線生機，使用魔法盾根本就是找死的行爲。這正是缺乏實戰經驗的結果。

巴德眼中閃過一絲殘忍。他並不打算立即殺死賽婭，在重創她後，他還得嚴刑逼供資料所在；因此劍芒到達賽婭面前時略略減弱，卻仍是足以把人重傷的程度。

眼看賽婭要被擊中，一名青年倏地橫擋在賽婭與利劍之間，只見他手一揮，簡簡單單便劈破迎面射來的劍芒！

「哥哥！」賽婭看到站在自己身前的人以後，立即一臉驚喜地驚呼出聲。

巴德聞言挑了挑眉，看著眼前一臉冷冽的青年，嘴角不禁勾起一個滿是興味的笑容。出任務時他早已檢視過賽婭的資料，聽到她對青年的稱呼，巴德立即得知來者正是賽婭的兄長伊凡。

想到剛剛青年並非擋開劍芒，而是使出力量將其斬破，看起來簡直像爲賽婭報先前魔法盾被破壞的仇般。

想不到明明看似一個冷酷無情的人，卻意外地疼愛妹妹呢！

就在伊凡出手的同時，阿爾文等人也衝進了屋內。瞬間血光四濺，耀眼鬥氣照亮整個室內，就連遠處監視著屋子動向的沈夜與查克，也彷彿嗅到從小屋傳來的血腥味。

巴德的部下們本就因先前的掉以輕心，被賽婭突襲而負著傷，現在又被阿爾文等人殺個措手不及，很快便變成一地屍體。

看到阿爾文等人出現時，巴德便知道自己大勢已去，立即不再戀戰，趁阿爾文等人忙著處理一眾殺手時邊戰邊退，最後竟讓他以重傷爲代價，殺出了一條血路，成功奪門而出。

正痛得眼冒金星的沈夜，看到這個明顯與他們不是一伙、渾身是血的男人衝出小屋後，竟直直朝他與查克藏匿的方向逃跑，他差點要怒得掀桌了！

爲何那麼多地方不走，偏要向我們跑來啊!?

細想歐內特斯帝國派出的殺手中，有著能在阿爾文他們的突擊下逃脫的實力，以及那乍看溫柔和善，但實則如毒蛇般陰冷的目光……

這傢伙該不會是巴德吧？這是天要亡我的節奏嗎!?

沈夜對巴德這個角色印象很深，因爲在小說中，巴德是沈夜設定與阿爾文鬥得難分難解的早期BOSS。至於他的結局……好像是黑化後的阿爾文爲了立威，當眾活生生把他削成人柱吧……想到這裡，沈夜在心裡暗暗爲巴德點了支蠟燭。

不對！現在根本不是同情別人的時候！

再這樣下去，我的小命要不保了！

巴德速度極快，查克根本來不及帶沈夜轉移，雙方便打了照面。

巴德身爲敵國要角，沈夜設定時可說費了不少心思：長相英俊、目光柔情似水，看起來像位溫柔的紳士。然而沈夜卻很清楚這名男子隱藏在骨子裡的嗜血與殘忍，而且身手是一等一的好，絕非查克這種等級所能抗衡。

雖然查克能被選中加入這次營救賽婭的隊伍，本身實力必定不錯，然而他是在小說中連名字也沒出現過的小角色，相較巴德這個戲分不少，而且還統領一批暗殺部隊的狠角色，絕對是被人秒殺的下場啊！

男子發現躲藏在暗處的沈夜與查克，朝他們露出一個親切微笑。

沈夜立即覺得不妙！

巴德是個笑得愈友善、心裡愈變態的神經病，看他現在笑得這麼溫柔，內心一定在想著怎樣把二人碎屍吧？

查克把沈夜推了開來，揮出長劍要來個先下手爲強。

要不是痛得沒力氣，沈夜都想尖叫了。

雖然覺得可能性極低，但說不定巴德突然不想節外生枝，決定就這麼越過他們逃走了呢？

我說查克你這個原本連名字都沒有的小角色，幹嘛要主動挑釁他啊!?

查克並不知道自己已被沈夜冠上「豬隊友」的名號，一臉興奮地舉劍迎上去，心裡還想著這個迎面跑來的敵人是從天而降的建功機會，不撿白不撿。

可惜巴德這個功勞並不是這麼好撿的，若實力不及，這不僅不是個功勞，而是前來奪命的死神。

巴德只用一招便擊飛查克，使其狠狠撞上不遠處的樹幹，發出巨大響聲。光聽這聲音，沈夜便已覺得很痛，即使查克有鬥氣護身，這一擊也讓他胸口一陣氣悶，一時之間起不了身。

在查克掙扎站起時，巴德竟未乘勝追擊，而是直往沈夜所在之處衝去！

沈夜幾乎要哭了。

明明招惹你的人不是我，為什麼你要越過查克向我攻過來啊!?

難道是因爲你知道我是作者嗎？知道是我把你寫成被阿爾文削成人柱的作者嗎？不然哪來這麼大的仇恨!?

巴德之所以放棄查克，選擇向旁邊的沈夜出手，當然不是如沈夜猜測的那樣。

事實上，巴德選擇攻向沈夜，主要是因爲在一開始時，查克毫不猶豫推開沈夜、自己舉劍迎上的動作。

雖然查克的原意是好的，可是這無意識的舉動卻給了巴德不少有用的訊息。例如沈夜應該是個沒有自保能力的普通人，又例如這名少年或許正受著查克保護。

於是便讓巴德在逃離的同時，萌生順道劫走人作爲人質的想法。

所以某種程度上，查克被沈夜罵「豬隊友」，其實一點都不冤。

就在巴德往少年衝去之際，突然擋在兩人之間、格擋住攻擊的人，依然是滿身殺氣的伊凡！

伊凡與賽婭不同，他的魔法親和力不足，根本完全無法學習魔法。雖然能使用鬥氣，卻也只是不上不下的水準。然而他的速度卻超乎尋常地快，加上多年徘徊生死之間的實戰經驗，伊凡總能準確無誤地判斷出對手的弱點所在，只用一把匕首便能置人於死地。

對於受了傷的巴德，伊凡顯然更有勝算！

沈夜只看到數道殘影。巴德的長劍貫注著鬥氣，顯然是以能被鬥氣通過的珍貴金屬打造而成，每每被伊凡的匕首格擋時，總會迸發亮麗火光。

能與巴德的長劍互砍而不落下風，伊凡手中握著的自然也不是普通匕首。這把匕首是路卡託皇家鍛造師特別為他打造的武器，無論是材料、鋒利度或強度，都不遜於巴德的長劍。

與青年互斬了幾下，眼角瞄到阿爾文等人將要趕來，知道大勢已去的巴德便果斷撤退，離開時還微笑著向沈夜揮了揮手：「少年，你的運氣不錯喔！」

確定危機解除，身旁還有伊凡這名高手保護，沈夜尖聲歡呼一聲，便開始當眾脫下上衣。

看到沈夜的動作，查克暗罵了聲「神經病」，就連一向冷冰冰的伊凡也愣住了。不過在看到少年裸露的背部時，兩人終於理解沈夜的怪異舉止。

只見少年白皙的背部插著不少細小毛刺，大片皮膚已紅腫起來，少量從傷口流出的血液，竟微微散發星星點點的藍光！

從後趕至的阿爾文，立即發現少年慘不忍睹的背部。看到發著微弱光芒的血跡，阿爾文低呼：「是月美人造成的傷勢!?」

聽到阿爾文的話，其他人不禁倒抽口氣。月美人的恐怖眾所周知，而很多貴族喜歡它那會在月光下擺動的特性，價格曾被炒至天價。尤其是那些嬌弱的貴族千金，更把擁有月美人視爲炫耀的資本。

然而月美人的毒素卻與它的美麗同樣出名。自從好幾名貴族千金被月美人的刺刺中而活活痛死後，這種植物便被不少國家列爲禁品，一旦發現便會立即燒燬。

想不到在歐內特斯帝國這座被人遺忘的死城，竟還有這種幾乎絕跡的傳說植物，而沈夜更是倒楣地被它的毛刺刺中！

Chapter 8
被遺忘的金手指

沈夜還來不及說什麼，便已被阿爾文按在懷裡。看到青年的示意，伊凡便上前小心翼翼地拔出少年背部的毛刺，隨即用匕首割開紅腫的皮膚，擠出不少泛著柔光的血液，直至傷口流出正常鮮血為止。

整個過程中，為免影響伊凡處理傷口，沈夜乖巧地窩在阿爾文懷裡，動也不敢動。青年的動作沒有讓他覺得疼痛，極痛的背部反因毒血被擠出而感到一陣痛快。即使如此，阿爾文還是把人緊緊圈在懷裡，深怕少年會受不了痛苦而掙扎。

當毒血被全數擠出後，雖然背部傷口依然隱隱作痛，但相較先前的劇痛，已能忽略不提了。

沈夜吁了口氣後，才發現自己不只是一直窩在阿爾文懷裡，還因疼痛把對方的衣服都抓得滿是縐褶，不禁臉上一紅，連忙說了聲「抱歉」後退開。

一旁的賽婭好奇地打量著這位長相秀氣的少年。看起來只有十六、七歲，怎麼看都只是個普通人，應該不是阿爾文的部下。

而最令賽婭驚訝的，是阿爾文與伊凡對這名少年的重視。難道兄長他們那難得的溫柔，是因為這少年有著令人懷念的黑髮黑瞳嗎？

想了想，賽婭便否定了這個想法。畢竟曾有些不怕死的人，僞裝成沈夜試圖接近阿爾文他們，可是被揭發後無一不例外地受到嚴重刑罰。那時阿爾文他們可沒有因對方掛著與沈夜相似的外表，而表現出絲毫心軟。

向阿爾文與伊凡道謝後，沈夜便在人群中尋找查克，想要向這名保護自己的青年表達謝意。然而往查克看去時，卻發現對方臉色非常難看：「查克，怎麼了？」

查克沒有回答沈夜的疑問，而是反問：「沈夜……你什麼時候被月美人刺中的？」

沈夜雖不明白查克爲什麼一臉嚴肅地詢問這件事，但仍是回答：「在傑夫走後、我單獨一人等待你們的時候。那時沒有發現牆壁上看起來平凡無奇的野草，竟然是大名鼎鼎的月美人，結果背部靠上去時被刺到了。」

「所以……你先前一直顫抖，其實是在忍著痛楚？你爲什麼不說出來？」

沈夜聞言愣了愣，隨即擺手笑道：「你們救了在森林中迷路的我，還讓我一路同行，我無法幫得上大家的忙，本來就已經很不好意思了，又怎能在危急關頭要大家分神照顧我呢？反正這傷又不會立即致命，忍忍就好。」

查克聞言，神色變得愈發複雜。先前他誤以爲沈夜是怕得發抖，還因此對少年心生鄙視。但原來對方是在眾人不知情的狀況下一直忍著劇痛，就只爲了不想成爲大家的累贅。

聽到兩人的對話，眾人也猜到先前大概發生什麼事。阿爾文揉了揉沈夜的頭髮，其他眾人則一臉笑意地圍上來，誇讚這名了不起的同伴。一旁的伊凡雖沒有什麼表示，可是細看便會發現青年的藍色眸子中，透露著驕傲與笑意。

賽婭聽到查克稱呼沈夜的名字時，掩嘴低呼了聲。隨即看著被眾人包圍的少年，以及阿爾文與伊凡對少年表現出的難得親近，臉上浮現難以置信的神情。

處理了沈夜的傷勢後，眾人便把他介紹給賽婭認識。因爲沈夜早已有心理準備，因此在看到賽婭時，他已能很好地將激動的心情掩飾在平靜表情下。

沈夜打量著眼前少女，與阿爾文他們一樣，經過了十五年時光，現在賽婭的年紀已比沈夜大，並從一個小小豆丁成長爲亭亭玉立的美女了。

在賽婭小的時候，沈夜便已看出她五官端正，可以預想長大後會是個美人兒；

現在看到相貌成熟的賽婭，更覺得少女出落得比自己猜測的還要漂亮。在賽婭身上，美麗的容貌還是其次，一身的知性美才是她最吸引人的地方。

尤其看到現在她已成爲高貴的魔法師，沈夜更有種吾女初長成的欣慰。

賽婭看著眼前少年，愈看愈覺得沈夜的形象與當年的少年重疊了。細想阿爾文與伊凡對他的看重與維護，便更加肯定自己的猜測。

正當她想試探地向沈夜喚聲「少爺」時，手卻被伊凡拉住。感到兄長牽著自己的手用力按了按，賽婭疑惑地看過去，便見伊凡默然向她搖了搖頭。

賽婭心念一動，便立即壓下與沈夜相認的想法，轉而裝作初次見面的模樣，向少年伸出手道：「你好，初次見面，我是賽婭。」

沈夜微笑著伸手與賽婭一握：「幸會，我是沈夜。」

賽婭見沈夜一副與她初次見面的模樣，不禁心裡滿是疑惑，決定找機會向兄長問個清楚。

一旁的阿爾文則是暗暗注意著沈夜的一舉一動。僞裝成商隊首領的阿爾文，先前向少年提及賽婭時，是告訴他賽婭是自己的妹妹，但現在伊凡卻在沈夜面前堂而

皇之地牽上賽婭的手，少年看著卻未露出絲毫訝異。

沈夜那一臉理所當然的表情，彷彿覺得伊凡與賽婭本應如此親近似的。是否代表沈夜早已知道賽婭並不是他的妹妹，而是伊凡的妹妹？

雖然阿爾文已確定沈夜正是他心心念念要找的人，可是卻總是不由自主地在這些蛛絲馬跡中，一次又一次地再三確認。

只因他與路卡眞的找了沈夜太久，多次的失望使他們逐漸心灰意冷。偏偏在他們快要絕望之際，沈夜毫無預警地出現了！那簡直就像一場不眞實的夢，令阿爾文忍不住多次試探，以確定眼前少年是眞實存在，並非自己想像出來的虛無幻覺。

也正因爲對重獲珍寶的珍惜，阿爾文才一直沒有揭穿沈夜的身分，而是放任少年僞裝成陌生人。他不知道沈夜爲什麼不願意與他們相認，也許與少年那空白的十五年有關，但阿爾文會靜靜等待沈夜願意與他們相認的時候。

沈夜並不知道不光是阿爾文與伊凡，就連剛剛重遇的賽婭，也因兩人對他與眾不同的態度而猜出了他的身分。沈夜至今還以爲自己僞裝得很好，堅定不移地認爲眾人還不知道他是誰。

而這種全然不知已被看穿、努力遮掩著的小模樣，看在阿爾文與伊凡眼裡卻是意外地可愛。也許這兩人之所以不立即拆穿他的謊言，除了體貼之外，還因爲覺得十分有趣吧？

待賽婭與沈夜「重新認識」後，傑夫便詢問阿爾文：「大人，我們讓其中一名殺手逃走了，只怕他接下來會帶更多人追殺過來。」

阿爾文聞言勾起了嘴角，道：「他們不會的。賽婭身爲交流生，他們不敢明目張膽地進行追殺。那份資料主要是對傑瑞米皇叔不利，對於歐內特斯帝國的影響倒是不大。事已至此，以皇帝亞伯勒果斷的性格，他應該會選擇放棄皇叔這個合作伙伴吧？而且若有個萬一，我們不是有沈夜嗎？只要退回魔獸森林裡，我們便安全了。」

聽到阿爾文的話，眾人再度把視線投放在沈夜身上。視線包含著各種的信任與感謝，讓終於感受到作者金手指好處的沈夜，生出好好保護他們、不至辜負眾人信任的念頭。

想到金手指，沈夜還眞的想起了一個隱藏在魔獸森林中、屬於主角阿爾文的金手指！

這情節應該是在路卡被殺、獅鷲爸媽與殺手同歸於盡時發生。當時阿爾文被戰鬥牽連，很狗血地掉落崖底水潭中。結果卻在崖底發現一株吃了能夠百毒不侵，還能免遭精神攻擊的珍貴草藥。

所以，主角總是要摔一摔懸崖的！

崖底即使沒有武林祕笈，也會有其他金手指代替，絕不會讓主角空手而歸！

初遇阿爾文他們時，沈夜也不是沒有想到這金手指，但當時身後還有一票追殺他們的殺手，而草藥又不會跑掉，因此沈夜便暫時放棄到崖底摘取草藥的念頭。可是現在他們人多勢眾，沈夜便開始考慮是否該帶主角去採草藥了。

現在劇情已經崩得差不多，路卡與賽婭沒死，傑瑞米還好端端地待在帝國中，那阿爾文還會沒事去摔懸崖嗎？

問題是，該怎樣帶阿爾文到崖底呢？要是乘人不備一腳把人踹下去，會不會被傑夫他們剁碎分屍？

要是直接跟阿爾文說「陪我到懸崖底談談心」，不知道阿爾文會不會以為自己是神經病……

最麻煩的一點是，那株草藥只要被拔出後便會開始枯萎，藥效也會快速流失，因此最好得在拔出的瞬間食用。當時沈夜設定此草藥時，只是想讓讀者感受草藥到底有多珍貴，才加了這些描述。現在想到這些特點，沈夜眞的後悔死了！

要是這是株易於保存的草藥，沈夜進入魔獸森林後，便可以選擇先採摘下，事後再找個機會把它交給阿爾文。然而因爲這草藥的特性，阿爾文註定得親自往崖底走一趟。

沈夜眞想把手剁下來。當初爲什麼手賤，想著要把草藥寫得珍貴一點，而爲它加上這麼一個折騰人的特性呢？

邊走邊想東想西的沈夜，終於不小心被一顆石頭絆倒。幸好身旁的阿爾文眼明手快地伸手穩住：「走路不要想些有的沒的。」

聽到阿爾文教訓小孩般的話語，沈夜不禁幽怨地抬頭看向已長得比自己高、也比自己壯的青年，心想我可是爲了你在拚命想辦法啊！你這死小孩是什麼語氣，長大了也不懂得好好孝順我！

見沈夜沒有答話，還一臉不滿地盯著自己，阿爾文挑了挑眉：「嗯？」

被主角霸氣震住的沈夜，沉默片刻後回答道：「我知道了。」

阿爾文伸手揉了揉沈夜的腦袋：「乖。」

沈夜因阿爾文的動作而瞪大雙目。

怎麼這個動作，以及阿爾文說話的語調，有種詭異的熟悉感？

沈夜腦中不期然閃過一段回憶中的片段：

少年揉了揉小阿爾文的頭髮，道：「乖。」

小阿爾文：「……」

回憶完畢，沈夜：「……」

好吧……聽說孩子都會無意識地模仿父母的言行舉止，怪只能怪他自己當年手賤做了壞榜樣。

又是手賤惹的禍，果然他真的應該把手剁掉嗎QAQ

看著按住被揉的腦袋，露出鬱悶神情的沈夜，阿爾文頓時生出揚眉吐氣之感。賽婭把阿爾文與沈夜的互動看在眼裡，故意放緩步伐，落後隊伍後方。自從賽婭加入後就不再無故失蹤、一直陪伴妹妹身邊的伊凡，見狀也隨即放慢前進速度。

直至確定沈夜聽不到兩人對話後，賽婭才小聲問道：「哥，那位少年……」

雖然賽婭尚未說完，但伊凡知道妹妹想問什麼：「是的，他就是『沈夜』。」

即使已有所猜測，但獲得伊凡的確認後，賽婭還是低呼了聲：「可是，少爺他為什麼還保持著十六歲的模樣？而且，我們又為何要假裝與少爺並不相識？」

伊凡沉默半晌，才回答道：「這是阿爾文的意思。沈夜與我們接觸時，謊稱自己是一名商人，因為與商隊失散而流落魔獸森林。後來當我們發現他眞的是『沈夜』後，阿爾文曾試探過他，發現他不只是樣貌沒變，心智與記憶似乎仍停留在十六歲的時候。而且他得知大家的身分後，依然沒有與我們相認的意思，所以只得暫時對他的身分裝作毫不知情。畢竟當年沈夜一失蹤便是十五年，誰也不知道他到過哪裡、做了什麼。現在他故意不與我們相認，說不定有著什麼苦衷，萬一因我們魯莽的行為而使他再次失蹤……」

想到這個可能性，賽婭立即表態：「我明白了，哥哥，我也會裝作與少爺不相識的！」

伊凡點了點頭。

如果被沈夜聽到伊凡這段難得長篇大論的解釋，一定會對他說：「你想太多了。」

沈夜根本只是因為一開始認不出阿爾文他們才說謊，現在還沒想到該如何去圓謊而已。

可惜沈夜不知道孩子們的顧忌，所以現在這種我知道你是誰、你也知道我是誰，可是我們彼此要裝作初次相識的詭異相處模式，似乎還得持續好一陣子。

□

阿爾文的推測沒錯，直至眾人回到城鎮取回馬匹並策騎離開，歐內特斯帝國都未再派人攔截他們。

眼看一行人離魔獸森林愈來愈近，沈夜這段時間一直糾結著該怎樣才能把阿爾文引到崖底。

結果反倒是阿爾文主動上前攀談：「沈夜，你是不是有什麼心事？我幫得上忙嗎？」

剛被阿爾文叫進馬車，便聽到對方單刀直入的詢問，沈夜一時之間不知該如何回答：「……很明顯嗎？」

「嗯，看你這幾天都心不在焉。」

沈夜想了想，決定放棄把人踹下懸崖的危險想法，選擇修改一下說詞後相告：「是這樣的，不久前我無意中聽說在魔獸森林裡的一處懸崖底下長著一種珍貴草藥，吃了之後不僅可以百毒不侵，還能對魔法造成的精神攻擊免疫。」

「嗯？這消息準確嗎？」聽到草藥的效果，阿爾文立即被勾起興趣。

沈夜解釋：「我不確定傳聞是否正確，但有毛球牠們在，我們在魔獸森林的安全還是有保障的，去看看也沒有損失嘛！」

說罷，沈夜眼巴巴地看著阿爾文，只差沒喊：我們去取吧我們去取吧！

雖然阿爾文覺得此事疑點實在太多，不過出於對沈夜的信任，最終還是應允了少年到崖底一探的要求。

獲得阿爾文的允許後，沈夜更鄭重叮嚀他絕對不要將此事情告訴其他人。

沈夜知道崖底的草藥只有一株，只有一人能夠獲得。雖說阿爾文在眾人之中地位最高，由他吃下也是理所當然，但難保他人不會有其他想法。最難預測的便是人心，既然早知別人只有看的份，那就沒必要洩露這個資訊讓人嫉妒覬覦。

如果這些草藥還有多，沈夜也想讓伊凡與賽婭分一杯羹。雖然這個金手指的效用是被動性的，但至少能讓生命多一重保障。

可惜這草藥獨獨只有一份，他也只好偏心一下啦！說到底，這草藥本就是阿爾文的，而且阿爾文這個主角還是被他坑得最慘烈的一個角色。至於伊凡與賽婭，雖然沈夜也很喜歡他們，但要在他們與阿爾文之間做選擇，沈夜只能說聲抱歉了。

聽到沈夜的叮嚀，阿爾文也猜出這份好處是少年獨留給他，連賽婭與伊凡也沒有告知。想到隔了這麼多年，這個人還是一如以往般毫無保留地對自己好、對自己特別，青年便覺得心裡塡得滿滿的，也不枉他記掛這個人十多年。

與阿爾文達成共識後，沈夜原本糾結的心立即輕鬆起來。眾人看在眼裡，雖不知兩人在馬車中說了些什麼，但對這轉變還是覺得欣喜。

經歷了那麼多事，彼此共患難後，傑夫這些人已把沈夜眞正視爲同伴。這種感情並非出於阿爾文的命令，而是對這名少年眞心感到敬佩與喜愛。

眾人才剛踏進魔獸森林的範圍，天上便傳來幾聲嘯叫，很快地，三頭威風凜凜的獅鷲便出現在眾人面前。

「毛球！獅鷲爸媽！」沈夜臉上頓時展現明亮的笑容，衝上前一把抱住剛剛降落的毛球。

毛球的體型尚未完全長開，加上剛降落地面並未站穩，被沈夜這麼衝過來一撲，立即被衝擊力撞得後抑，隨即一人一獅鷲便跌至草地上。

因爲有毛球墊在身下，沈夜完全不覺得痛，反而還很悠閒地生出「毛球長大後更好抱，完全可以拿來當抱枕」的想法。

「這是……獅鷲!?」賽婭一臉震驚地看著草地上抱成一團的一人一獸。

身旁的伊凡頷首道：「牠們是沈夜的朋友。」

聽到伊凡的話，賽婭更加震驚：「獅鷲不是高傲無比、絕不與別種生物爲伍的嗎？」

對於賽婭的疑問，這一次伊凡沒有做出答覆。他也有著與妹妹相同的疑問，只是事實擺在眼前，也只能歸功於沈夜那對魔獸獨特的親和力吧？

沈夜抱住軟綿綿、暖烘烘的毛球完全不想起身，少年獅鷲不喜歡被眾人圍觀，想站起來卻又怕壓傷賴在自己身上的少年。結果無奈之下，毛球只得發出「嗚嗚」的悲鳴聲來裝可憐。

沈夜知道獅鷲高傲要面子，不喜歡被這麼多人看著牠被壓在身下，便笑道：「只要你晚上當抱枕陪我睡，我便放開你，怎樣？」

獅鷲不愧爲戰鬥力強大、智商驚人的魔獸，雖然無法口吐人言，但與人類溝通完全沒難度。聽到沈夜提出的條件，毛球連忙點頭應允。

沈夜輕笑著揉了揉獅鷲毛茸茸的皮毛，這才從對方身上下來。毛球知道人類的體能很弱，見狀也不敢亂動，一直待沈夜離開後，才翻身站起。

站起身的毛球比沈夜還要高大，少年雙手環抱牠的脖子，問：「你們一直沒有回去嗎？」

沈夜知道獅鷲的家離森林邊緣並不近，可是他們一行人才剛踏進森林，獅鷲便立即出現，顯然是一直停留在附近，不曾遠去。

毛球聞言點了點頭，並在沈夜的手摸到自己前頸時，發出愉悅的聲音。

沈夜心裡一陣感動，獅鷲的友誼得來不易，可是一旦獲得牠們的承認，牠們便會毫不保留地奉獻忠誠、永不背叛。魔獸也不像人類有那麼多眉眉角角，牠們的感情很純粹，因此顯得更加珍貴。

獅鷲位處魔獸森林生物鏈的頂端，牠們的實力很強且無法馴服，因此一般的冒險者都不會去輕易招惹。然而對冒險者來說，捉到強大的獅鷲是極大的榮耀，而且獅鷲的毛皮可是能拍賣出天價的。即使國家已立法保護獅鷲，但人類是貪婪的生物，難保一些受不住誘惑的狩獵者會打獅鷲的主意。

因此獅鷲一家可說是冒著危險，留守在森林邊緣等待他回來。對於牠們這份心意，沈夜又怎能不動容呢？

Chapter 9
特殊草藥

也許因為出生後首先感受到的便是沈夜的氣味，因此毛球一直把沈夜視作兄弟般看待，彼此親密無間。

獅鷲爸媽雖與沈夜不及毛球親近，但依舊很愛護少年。少年與毛球親親熱熱地說話時，兩頭威武的成年獅鷲並未加入，只是在旁守護著，並警戒地緊盯傑夫等人的一舉一動。眾護衛被牠們盯得不敢亂動，深怕不小心引起獅鷲的誤會，到時風刃「嗖嗖嗖」射來，就眞的想哭也無處可哭。

與毛球一家高高興興敘舊完後，沈夜並沒有忘記去取阿爾文的金手指，便向眾人提出：「我想到獅鷲的地盤看看。」

聽到沈夜的要求，傑夫欲上前想讓少年打消這個念頭。他們現在滿心只想護送賽婭獲得的機密資料回國，實在不想再橫生枝節。更何況沈夜說想參觀獅鷲的地盤……他們來的時候，不就已經路過禁地了嗎？那裡就只有風鈴木比較有看頭，根本沒其他特別之處。

見傑夫一臉不贊同的神情，阿爾文道：「一會兒我們分道揚鑣吧！你們先把資料護送回國，我則陪同沈夜到獅鷲的地方走一趟。」

聽到老大發話，傑夫雖然心裡並不贊成他們離開隊伍單獨行動，無奈阿爾文無論實力與位階都比他高，最終只得點頭應允。

於是滿心都是金手指的沈夜，便樂孜孜地向眾人揮手告別。

原本毛球想載著沈夜飛過去，可惜獅鷲高傲，只認定沈夜一人，至於阿爾文這個僅數面之緣的人類，在牠們心目中就只是個附帶的。

想騎在我們的背上？門都沒有！

帝國的親王閣下？那是什麼？能吃嗎？

爲了不落下阿爾文，沈夜拒絕了毛球的乘載邀請，很有義氣地陪同阿爾文一起騎馬前進。

同時少年還在心裡感慨一番，果然人就是得要未雨綢繆，要不是先前自己咬牙練好騎術，現在也不能像這樣與阿爾文一同並肩策騎了。

毛球因爲被沈夜拒絕而不高興，結果在不爽之下氣勢全開，再加上高階魔獸的氣息更讓馬匹本能地畏懼，而止足不前。沈夜看到毛球害得馬匹不肯前進，只得請獅鷲一家保持距離，讓牠們遙遙飛在前方帶路。

少年的要求令毛球更加不開心了。沈夜看著毛球鬧彆扭的模樣，不禁抿嘴偷笑。別人都說獅鷲如何威風、如何高傲，怎麼他的毛球是這麼呆萌呢？

但偏偏他就是愛死毛球這副傻呼呼的模樣，果然自家孩子永遠是最棒的！

途中無所事事的沈夜在笑話毛球後，便開始偷偷打量起身旁的阿爾文。

沈夜剛知道阿爾文等人眞正身分時，心裡震驚著自己已失蹤十五年，以致很多事情還未來得及細想。

現在閒暇下來了，沈夜不禁開始猜測，阿爾文是不是已經猜到自己的身分了？

雖然當年阿爾文年紀尚小，但應該還記得獅鷲一家才對；還有那個莫名其妙的禁地，顯然就是特意劃分出來保護毛球一家的。

所以說，阿爾文與路卡一直沒有忘記毛球，而自己現在又與毛球表現得那麼親密，還在對方面前一下子就喚出少年獅鷲的名字……

想到這裡，沈夜窘了。

阿爾文根本不是「可能」知道他是誰，而是「絕對」知道他是誰了啊！

沈夜得到結論，並在經過最初的慌亂後，卻開始納悶為什麼青年不揭穿他？難道是因爲一開始便僞造身分騙他們，所以他們決定靜觀其變？

既然如此……那我也靜觀其變好了……

過了這麼久，完全不知道該如何坦白，怎麼辦？

沈夜很乾脆地把這問題丟到一旁後，決定待他們回到皇城後再攤牌。不過現在沈夜已不再疑惑阿爾文對自己不合理的親暱與照顧，並且能處之泰然了。

因爲用不上那些當作幌子的貨物，兩人輕裝出發，前進速度比先前快得多，很快便來到獅鷲的地盤。

這一次，沈夜他們不只是路過，而是直接被獅鷲帶到牠們的巢穴。

獅鷲巢穴位於森林中一處崖底的水潭旁，一道瀑布從崖上傾瀉而下，濺起的水花形成一道美麗的彩虹。而獅鷲的家，便是位於瀑布後方的一座風化洞裡。

這座風化洞要是沒有飛行能力或高明的攀爬技術，是很難到達的；同時這裡也是一個易守難攻的地方，加上環境優美，難怪獅鷲會選擇此處爲家。

有著不亞於人類智慧的獅鷲，自然不會在自己的巢穴裡大小便。巢穴內比沈夜想像中還要乾淨，而且乾乾爽爽、沒有絲毫異味；牠們也懂得在地面鋪上乾草，將巢穴布置得非常舒適。

因為獅鷲不肯帶上阿爾文，因此阿爾文只得待在崖上等待。沈夜不想讓青年等太久，參觀了獅鷲一家的巢穴後，少年便開始思索該如何拿到金手指。

沈夜知道草藥就在水潭旁。按照原本劇情，阿爾文本該在十五年前摔落崖底，卻很幸運地正好墜落水潭中，這才撿回了一命。

當小皇子掙扎爬上岸時，恰好抓住了一株野草，正好就是那株珍貴的草藥。

當阿爾文拔起以為是野草的草藥時，嗅到了它獨特的清香，竟使男孩原本疲憊不堪的身體重新有了體力。那時體力大量流失、快要昏厥過去的阿爾文，心一橫便吃下草藥。不光獲得強悍的體力，使自己成功攀回崖上，從此更有了百毒不侵、對精神攻擊免疫的能力。

沈夜騎乘在獅鷲背上，在半空俯瞰著水潭四周的環境和水流動向。少年觀察過後，對於草藥可能的所在位置已心裡有數。比較麻煩的是，獅鷲們好說歹說都不肯載阿爾文一程，即使是與沈夜關係最好的毛球也是如此。

草藥被拔起後雖會逐漸失去藥性，幸好終究有個過程。獅鷲的飛行速度很快，只要時間把握得好，採摘草藥後立即送上去給阿爾文也行。

仔細回想一遍小說劇情，確定沒有什麼大問題後，沈夜便拍拍少年獅鷲，道：

「毛球，載我到水潭那裡看看。」

毛球依言把沈夜載至崖底。降落後，沈夜便沿著水潭邊行走，並開始了尋找金手指的偉大工作——拔草。

沒辦法，畢竟沈夜在描寫草藥時，只寫了草藥被拔起時會散發出令人疲勞盡去的濃烈藥香，因此根本無法單從外表分辨到底哪株野草才是阿爾文的金手指。

所以他只能用這種笨方法，把潭邊野草全拔過一遍，直到找出那株會發出濃烈藥香的野草。

可惜沈夜的想法雖然可行，但現實卻比想像中更有難度。並非他連拔草這種小事都做不好，只是少年沒幹過重活，皮膚比較細嫩，才拔了一會兒，手便被野草銳利的邊緣割傷，之後即使用布包著，還是會不時被割到。傷口雖然不深，但卻又癢又痛的，讓人頗難受。

才拔了一會兒，沈夜的手已變得傷痕累累。看著手上傷口，再看看還有一大片還未確認的區域，他不得不承認自己把事情想得太簡單了。

沈夜心裡不禁萌生放棄的念頭，可是已經付出努力，現在收手又有些不甘心。即使想找幫手，但這裡是獅鷲的巢穴，毛球一家只肯讓他獨自進來。獅鷲再聰明，也因為身體的限制無法幫忙。要是這次放棄了，也不知何年何月才能幫阿爾文取回草藥。

沈夜想到這裡，咬牙繼續手上的工作，心想反正這個世界有恢復藥劑這種玩意，很快就能治療好手上的小傷。現在只須忍一會兒痛楚，找出草藥就好了。反正不久前被月美人刺中時，那麼痛都忍過來了，沒理由因這小小傷勢而退縮，只要不把自己當人看就好！

我不是人我不是人我不是人！

沈夜邊拔草，邊自暴自棄地進行自我催眠。

所幸運氣也算不錯，只拔了不到半小時，便嗅到一陣濃烈的藥香。

他還來不及看清手中的草藥到底長什麼模樣，便緊緊把草藥握於掌心，全速衝向躺在草地上打盹的少年獅鷲身邊：「毛球！快！快點載我回崖頂！」

毛球被沈夜的舉動驚醒，此時少年已抓住草藥爬上牠的後背。感受到身上人類的焦急，毛球也不敢遲疑，立即拍著翅膀朝崖頂飛去。

獅鷲速度很快，沒多久便回到阿爾文所在的崖頂。阿爾文有了沈夜的叮囑，一直留在崖上耐心等待，並仔細留意崖下的動靜。只是少年下去後一直沒有動靜，而且花的時間比想像中漫長；雖然知道有毛球跟著，應該不會出狀況才對，但這名少年曾有不聲不響消失十五年的不良記錄，青年不禁擔心起來。

看到毛球與沈夜的身影時，站在崖邊的阿爾文暗暗鬆了口氣。

毛球才剛降落地面，沈夜便立即把草藥遞給迎上前的阿爾文：「快吃掉它，不然藥性要消失了！」

本來以阿爾文謹慎的性格，是絕對不會吃下來路不明的食物。但出於對沈夜的信任，並看到對方一臉焦急的神情，竟立刻接過少年手中的草藥，看也不看便吃進肚。

草藥下肚後，阿爾文立即覺得肚子生起一股暖意，隨即這種暖洋洋、非常舒適的感覺開始蔓延至四肢百骸，令他不由自主地閉上雙目，感受著身體變化。

阿爾文可以感覺到隨著這股暖意的出現，他的體質有了飛躍性的提升，就連鬥氣的運轉也變得更加流暢。

青年吃下草藥後，沈夜緊盯著對方的狀況。只見青年先是露出愜意的神情後閉上雙目，隨即毛孔便開始排出黑色物質。沈夜知道阿爾文現在正進入一種類似入定的狀態。草藥的藥性正改善著青年的體質，爲他排出體內的雜質、易筋洗髓。

當身上不再排出黑色物質後，青年的睫毛抖了抖，緩緩轉醒。阿爾文張開眼睛後，看見沈夜一臉欣喜地說道：「可以了！雜質應該全都排清了。以後你不只百毒不侵，還能對精神攻擊免疫，體質也得到了改善。」

說罷，沈夜便捏著鼻子取笑道：「不過眞的臭死了啦！你快點到河邊梳洗一下！」

聽到沈夜的話，阿爾文這才發現皮膚上覆蓋著一層黑色物質。這些東西的氣味非常不好聞，也難怪沈夜會這麼說了。

那些有著異味的黑色物質沾染上衣物後洗也洗不掉，結果阿爾文身上的衣服都不能再穿了。幸好青年已在空間戒指中準備了備用衣物，才不至於沒有衣服可穿。

看著丟棄的髒衣物，一個想法在阿爾文心裡一閃而過。只見青年皺起眉頭，卻在轉身時神情已恢復平靜，完全看不出他剛剛的異樣。

阿爾文走到正倚著毛球等待自己的沈夜身旁。少年看到已恢復一身乾爽的阿爾文後，滿意地點了點頭，隨即便好奇詢問阿爾文草藥的味道怎麼樣、吃下去是什麼感覺。

沈夜卻不知道，他這幾個爲了滿足自己好奇心的疑問，在青年心中翻起了怎樣的驚濤駭浪！

阿爾文知道沈夜對他與路卡很好，這位少年與人爲善，只要情況容許，他從不吝惜付出自己的力量去照顧弱小。然而阿爾文卻從不認爲他在沈夜心目中，會比沈夜自己還重要。

因此當少年找到草藥，並要求他立即服下時，阿爾文一直以爲少年已在崖底先行吃過了，只是把多出來的草藥給他吃。即使如此，阿爾文還是記著沈夜對他的好，畢竟少年根本沒有把珍貴的草藥給他吃的義務。

後來阿爾文清洗身上污垢時，看著被丟棄的衣服，突然意識到，如果沈夜眞如同他所想般在崖底已服下草藥，那麼，他的衣服又怎會沒有沾染上身體排出的黑色污垢？

那些污垢染上衣服後根本洗不掉，即使沈夜在崖底水潭中洗乾淨身體，但衣服上的污跡卻是無法消除的。何況他也沒有其他衣服可以替換。

從那時候起，阿爾文才意識到沈夜也許根本沒吃下草藥！

阿爾文曾想過會不會是少年先收起了崖底採摘的草藥，打算到達較爲安全的地方後再服下？然而這個想法立即被青年自己否決了。因爲沈夜曾說過，草藥只要被拔起便會逐漸喪失藥性。因此少年進入崖底前還特意叮囑阿爾文在崖上等候，不要走開，以免摘下草藥回來時無法立即找到他。

那時阿爾文還只是懷疑，直至沈夜好奇地向他詢問吃下草藥的感覺後，青年便確定了自己的猜測！

「你自己呢？爲什麼沒有吃？」

興致勃勃發問的沈夜，在聽到對方的詢問後愣了愣，隨即聳聳肩、漫不經心說道：「草藥只有一株，我也想吃，可是沒有多的了。」

聽到沈夜理所當然般的回答，阿爾文沉默半晌，接著詢問：「那你爲什麼把草藥留給我，而不自己吃？」

沈夜笑著解釋：「你總是要面對各種危險，比我更加需要這株草藥。我即使吃下去也是浪費。」還有一點，這草藥本就是爲阿爾文這個主角準備的金手指，沈夜再貪也不能貪親兒子的東西。不過這個原因，沈夜可不會告訴對方。

沈夜並沒有發現，原本應該不知道阿爾文身分的他，在說出對方「總是要面對著各種危險」時，其實已經是個小破綻了。謊言總是無法持久，何況少年本就不是一個擅長說謊的人。

不過此時阿爾文情緒激動，未注意到沈夜話裡的矛盾。青年深深看了眼前少年一眼，便不再追問下去，只淡淡說了兩個字：「謝謝。」

「不客氣。」沈夜說罷，有點不好意思地詢問：「對了，你應該有包紮用的繃帶吧？可以借我嗎？」

阿爾文目光一凝：「你受傷了？」

沈夜抿了抿嘴，如果不是傷口又癢又痛讓他很不舒服，加上受傷位置是掌心這種很不方便的地方，他實在不想讓阿爾文知道自己的傷勢。

畢竟讓阿爾文知道他是因爲拿草藥而傷了手，沈夜雖然沒有這種想法，但總有種自己故意展露傷勢給對方看、挾恩圖報似的感覺。

再加上先前他已因月美人而痛得死去活來，現在又因拔野草而割傷手心，這些傷勢不只一點都不帥，而且一個比一個讓人汗顏！

雖然覺得有些沒面子，不過沈夜卻不是一個會因面子而讓自己活受罪的人，因此還是在阿爾文的詢問下不情不願地點了點頭。

阿爾文聞言急了：「哪裡受傷？是在崖底遇上難纏的魔獸嗎？該死的！毛球到底是怎麼保護你的？竟然讓你受傷了！」

聰明的毛球完全聽得懂阿爾文的抱怨，立即朝青年不爽地咧嘴低吼了聲。

說者無心，聽者有意。沈夜心想要是真的被其他魔獸傷到，這傷勢聽起來至少還壯烈些。

沈夜見阿爾文如此緊張，便更加不想告訴對方自己是怎樣受傷的了……

「就是、就是拔草時，不小心被野草割到了。」良久，沈夜終於用豁出去的神情，伸出雙手並攤開掌心，露出手上傷勢給阿爾文看。

想不到竟是因爲這種原因，阿爾文不禁莞爾。在觸及沈夜幽怨的目光後，青年假咳了聲，硬是壓下彎起的嘴角。

看到阿爾文抽搐的嘴角，沈夜垂下肩膀、無精打采地說道：「好吧！你別忍了，想笑就笑吧……」

見少年可憐兮兮的模樣，阿爾文反而笑不出來了。嘆了口氣，青年伸手揉了揉沈夜的頭髮，隨即從空間戒指中取出一瓶治療藥劑，遞給少年。

雖然在崖底時曾想過回去後喝藥劑療傷，可是當藥劑眞的拿到眼前時，沈夜卻沒有接過來：「不用了吧，這種小傷喝藥劑治療多浪費，那可是危急關頭用來救命的。」

阿爾文不理會沈夜的拒絕，逕自打開藥劑瓶蓋後，道：「我眞是太大意了，竟然忘記你的手都是傷，還是讓我餵你吧！」

看到阿爾文眞的打算動手親自餵藥，沈夜只得妥協道：「不不！我自己喝就可以了！」

雖然被對方威脅，沈夜卻覺得心裡暖暖的，有人關心的感覺眞不錯！

取得金手指後，兩人在獅鷲地盤逗留了一天，第二天一早便在獅鷲一家護送下，安然來到魔獸森林的邊緣。

看著死命咬住自己衣袖、怎樣都不肯放開的毛球，沈夜好笑地拍拍少年獅鷲的頭顱，道：「別這樣，我會回來看你們的。」

毛球咬住衣袖沒有鬆口，更往沈夜的方向走了幾步，表示想要跟隨少年一起離開的意願。

沈夜回首看著一旁的獅鷲爸媽，心想你家孩子都吵著要跟我走了，你們這麼淡定眞的沒關係嗎？

「你不能跟著我，人類的城市不比魔獸森林。在這裡你能自由自在地生活，可是到了人類的城市，你再不願意，也得遵從人類定下的規矩生活，到時會活得很辛苦的。」

毛球低鳴了幾聲，彷彿說著「我不怕」，又像在哀求沈夜別離開。

沈夜眼見用道理說不動牠，便改爲動之以情：「你跟我走，那獅鷲爸媽呢？你現在還是個孩子……」

毛球聞言後，鬆開沈夜的衣袖並挺了挺胸，立刻比少年高出一顆頭。少年沒好氣地說道：「你長得再大隻，還未成年這點是事實！總而言之，與父母一起相處的時間很珍貴，你應該好好珍惜。如果眞要到人類城市來找我玩，至少也得成年後再說。知道了嗎？」

毛球想了想，總算點了點頭。

雖然毛球現在已長得比自己還高，但在沈夜心目中，牠還是當初那頭自己看著破蛋孵化的幼崽，在他眼裡永遠是那麼呆萌。

見毛球終於聽話，沈夜伸手揉了揉牠的頭毛，道：「乖。」

揉著揉著，沈夜的動作一僵，並忍不住偷瞄了阿爾文一眼。發現青年沒有看到他的動作，沈夜便訕訕地收回了手。

少年沒有察覺到的是，在他移開視線後，阿爾文便勾起了嘴角，露出一抹愉悅的神色。

Chapter 10
沈夜的請求

沈夜本以爲至少要到皇城後，才會再次看到傑夫等人。想不到他與阿爾文才離開魔獸森林不久，就看到傑夫帶著大隊人馬，火速趕來迎接他們。

此刻他們已踏足艾爾頓帝國境內，傑夫等人未再扮成商隊護衛，而是穿著統一的戰甲，看起來特別帥氣。看到阿爾文時，眾人更是立即翻身下馬，朝青年恭恭敬敬地行禮：「大人！」

沈夜當場傻眼，現在是什麼狀況？

看到沈夜的表情，阿爾文笑著解釋：「他們是怕我們有危險，特地趕來護送我們回去。」

沈夜依舊一臉茫然，然後才想到，他現在理應認爲阿爾文是商人，並不知道他們眞正的身分才對。

爲免眾人猜疑，沈夜仔細釐清了下他現在「應該」知道什麼——阿爾文的家族有一支商隊，他帶領商隊出發到歐內特斯帝國進行交易，並順道接回在那裡學習的妹妹賽婭。然而賽婭卻遇上歹徒，被他與傑夫無意中發現，最終阿爾文與一眾護衛英勇地打敗了歹徒，並救出賽婭。

在心裡仔細想過一遍後，沈夜想盡快向阿爾文他們坦白的決心更加堅定了。他並不擅長說謊，一直用謊言掩蓋另一個謊言，真累啊……

「爲什麼傑夫怕我們有危險？是因爲我們在歐內特斯帝國遇上的事嗎？還有傑夫他們的裝扮……阿爾文，你們到底是什麼人？」

說罷，沈夜在心裡爲自己按讚。

看看我裝得多像？

這演技，即使是影帝也不遑多讓吧？

阿爾文聞言，似笑非笑地看了沈夜一眼。觸及親王大人的眼神，沈夜這才想到阿爾文似乎、好像、應該、大概早已知道他的身分。那麼剛剛自己的表現，看在對方眼中應該蠢斃了吧？

怎麼剛剛他只顧著練演技，竟忘了這一點呢？

好吧！他果然一點都不適合說謊。

想到阿爾文早就看穿自己的身分，也知道自己已經認出他們，結果剛剛還煞有介事地裝模作樣，沈夜便覺得好丟臉啊！

幸好打量了這一眼後，阿爾文並沒有嘲笑他，反倒從善如流地順著沈夜的話說道：「我是艾爾頓帝國的親王阿爾文，傑夫他們是我的部下。這次之所以偽裝成商隊，是為了祕密前往歐內特斯帝國，接回交流生賽婭和一份機密資料。」

聽到阿爾文的解釋，傑夫也想起沈夜仍被蒙在鼓裡，便接著解釋道：「那份資料涉及一位勢力很大的大人，但他在我們回程時收到風聲，早在陛下下令抓捕前，便已帶著他的私兵銷聲匿跡了。」

沈夜恍然大悟說道：「你們害怕那位潛逃的大人物，在離開帝國前會冒險前來突襲無人護衛的阿爾文，所以把資料帶回皇城後折返回來保護他？」

傑夫笑著點了點頭。

沈夜立即便猜到了那位大人物的身分——能讓阿爾文親身犯險、前往敵國都要扳倒的人，是……傑瑞米!?

可是，傑瑞米這個終極大BOSS，不是應該留在皇城，把阿爾文這個主角欺壓再欺壓、折磨再折磨，狠狠地拉起一身仇恨值後，再與阿爾文來場驚天動地的最終大戰嗎？

主角你這麼快便把人趕走，到底是怎樣！

再這樣崩壞下去，劇情君都要哭啦！

還記得小說中的阿爾文和先皇，可是被傑瑞米那副模範青年的模樣騙得團團轉，簡直是被賣了還要幫對方數錢的那種程度。這也是爲什麼在阿爾文年幼時，傑瑞米並未立即踹開他，好讓自己代替阿爾文坐上皇位。

畢竟那個男人是個沽名釣譽的人，自己皇兄屍骨未寒，而阿爾文又是上任皇帝欽封的皇位繼承人，不宜有任何動作。傑瑞米的如意算盤打得十分完美，先讓阿爾文當幾年皇帝，而他則在這段時間積極擴充勢力。待時機成熟，再一腳把阿爾文從皇位上踹下，換自己上位。

但主角又怎會那麼容易被做掉呢？當傑瑞米忙著招兵買馬時，阿爾文也努力地擴充自己的勢力。結果當傑瑞米反應過來時，他一直以爲只是個傀儡皇帝的小皇子，已擁有了與自己抗爭的資本。

但因爲沈夜這隻蝴蝶搧動了翅膀，救了路卡的性命，結果登基的人變成路卡，比阿爾文這個沒有皇家血脈的養子更加名符其實。

那些在小說中忠於先皇、卻對阿爾文登基抱持觀望態度的大臣，更加樂意扶助擁有先皇血脈的路卡。更何況路卡身邊還有個小小年紀便能與傑瑞米對著幹，而不落下風的阿爾文。

這麼一想，終極BOSS那麼快被阿爾文他們早早解決，似乎也不足為奇了。

可惜讓傑瑞米收到風聲成功逃走，留下了後患。不過想想，如果傑瑞米能就此遠離，這也許是最好的結局吧？畢竟傑瑞米是阿爾文的……

看著陷入沉思的沈夜，阿爾文詢問道：「沈夜，你不是說與家人失散了嗎？你的家在哪？我們先送你回家吧！」

沈夜看著阿爾文，雖然對方很合作地順著他的謊言應答，但他現在愈來愈不想繼續這個謊言了。

經過這段時間的相處，沈夜幾乎可以肯定阿爾文早已認出自己。現在還裝模作樣地偽裝身分，那不是讓人看笑話嗎？

「抱歉，我騙了你們。其實你應該已經知道了吧？我並不是個商人。」沈夜淡淡說道，彷彿欺騙艾爾頓帝國的親王，並且用假身分與他們一起出任務，是一件很普通的事。

傑夫等人聞言皆露出意外的表情。雖然他們早已看出沈夜的身分是假的，從不認爲少年眞的如他所說是名商人；但對於阿爾文剛剛的詢問，本以爲他會一如往常地打哈哈，想不到一直戴著「商人」這個面具的少年會突然向眾人坦白。

他們曾以爲沈夜是他國派來的臥底，可是後來阿爾文卻告訴他們不用繼續警戒這名少年，還要盡他們所能地保護。雖然不是沒有對沈夜身分感到奇怪，然而傑夫等人都是出色的軍人，只要是阿爾文的命令，他們便會無條件服從。

但服從命令，並不代表他們不會好奇。他們從旁觀察下，竟發現阿爾文與伊凡似乎認識沈夜，而沈夜卻彷彿不認識他們，還努力掩蓋著某些事。

聽到沈夜的話，阿爾文饒富趣味地勾起嘴角，青年此刻正抱著雙臂倚樹而立，這個姿勢更加顯得腿長又瀟灑。俊美臉龐再加上黃金比例的完美身材，看得沈夜直眨眼，心裡自豪地想不愧是我兒子，簡直帥得人神共憤！

只見阿爾文漫不經心回道：「我的確早知道你不是商人。那麼沈夜，你到底是誰？」

見阿爾文淡定的反應，沈夜更加確定對方早已猜到他的身分。其實仔細一想，以阿爾文的謹慎，若不是確定了自己的無害，又怎會留著一個身分不明的隱患隨行，還對自己多番照顧？

沈夜想了想，仰首向阿爾文答道：「事情有點複雜，再讓我想想好不好？待到達皇城後一定會給你一個答案。」

阿爾文頷首：「可以。」

聽到青年的話，沈夜回以一個燦爛的笑容。

在旁的眾人聽得霧裡看花，怎麼阿爾文與沈夜看起來像已達成了某個共識，但他們還是完全看不明白？

傑夫詢問：「那麼沈夜，我們該把你送往哪兒？」

沈夜還沒回答，阿爾文卻已發話：「讓他跟著我吧！我會帶他進城堡，也該是時候與陛下見面，把事情好好交代清楚了。」

□

跟隨著眾人，沈夜終於來到艾爾頓帝國的皇城！

這裡是艾爾頓帝國的核心，魔法師公會、藥劑師公會、傭兵公會，以及與這三大公會齊名的黃金商會，四個組織總部皆座落在這座繁華城市裡，各據一方。

看著這繁盛的城市、車水馬龍的街道，沈夜不禁心生感慨。想他初到這個世界時，最大的目標便是護送路卡與阿爾文回皇城。後來從失落神殿中出來，他的目的地依然是皇城，因爲他最重要的人都在那裡。

兜兜轉轉那麼久，直至今日他才初次踏上這片土地，想到這裡，沈夜都快要哭了，這一趟不容易啊！

傑夫他們護送阿爾文至皇城後，向阿爾文告辭便離開了，看起來十方忙碌。

看出沈夜的想法，阿爾文解釋：「傑瑞米公爵〔註〕畏罪潛逃，他所帶領的軍團戰力強大，只有我麾下的隊伍能夠與其一較高下。近期國內人心惶惶，因此傑夫他們得忙著安排巡邏的事宜，防止傑瑞米弄出什麼風波，也可以穩定民心。」

沈夜點點頭表示了解，隨即便沉默地跟著阿爾文前進。

無論是長大的阿爾文、伊凡還是賽婭，沈夜與他們相遇的狀況都非常突然，所以當他反應過來時，重遇故人的慨嘆倒是已沖淡不少。

現在很快就能見到路卡，沈夜卻破天荒地有些小緊張。

路卡是除了阿爾文外，沈夜在這個世界最重視的人。雖然在這十五年後的時空裡，現在的路卡比他還要年長，可是在少年心目中，路卡還是那個溫柔善良、軟軟綿綿的小包子。

不知道現在的路卡已長成怎樣的一位年輕人呢？他的路卡小時候那麼可愛，長大後一定差不到哪去！

在沈夜胡思亂想之際，他已隨著阿爾文來到位於皇城正中央、氣勢磅礡的美麗城堡前。

不知是因爲有人先行交代過，還是阿爾文在身邊，城堡守衛完全沒有攔截二人的意思，任由他們策馬進入守護城堡的城牆。

註：親王爲皇帝/國王的家族成員，擁有領地的親王同時有著公爵的頭銜，統治的領土稱爲公國。

對於來自二十一世紀的沈夜來說，眼前城堡美則美矣，卻沒有讓少年過於驚歎。畢竟透過網際網路，再美再宏偉的城堡沈夜都見識過，何況這城堡還是從他筆下寫出來的，即使沒有親身走一趟，也不至於像劉姥姥入大觀園般鬧出笑話。

沈夜並未意識到自己的這種表現太過平靜，淡定得一點都不像初次踏足城堡的普通少年。

阿爾文進入城堡後完全無須下人引路，逕自領著沈夜往目的地走去，隨意得就像在自己家中行走一樣。

事實上，這座城堡的確是阿爾文的家。本來依照艾爾頓帝國的傳統，路卡登基後，身爲兄長的阿爾文被封爲親王，應該要離開皇城，住在自己的領地才對。

偏偏路卡與阿爾文的感情很好，路卡不介意，阿爾文不在乎，再加上一些出言反對的出頭鳥，被當作殺雞儆猴的那隻雞般狠狠敲打後，再沒有人敢提出異議。結果阿爾文便一直住在城堡中，直至現在。

阿爾文並沒有帶沈夜到接待客人的接待廳，而是直接領著他至路卡平常用來辦公的書房裡。

當書房大門被打開時，沈夜如願看到自己剛剛一直想念著的路卡。

現在的路卡，已是名二十歲的青年。依舊是記憶中的金棕髮色與湖水綠眸，襯在青年成長後的俊秀臉龐上只覺風姿俊雅，有著一眼看去就能令少女們怦然心動的魅力。

在沈夜打量著路卡之際，阿爾文已越過少年，舉步至路卡身旁。也許是因爲身旁都是熟識的人，阿爾文卸下了爽朗溫和的僞裝，看起來有點像沈夜記憶中小時候的他。

路卡不及阿爾文英偉矯健，也沒有咄咄逼人的氣勢；然而青年那溫潤如玉的氣質，以及完全不遜於阿爾文的出色外表，使兩人站在一起卻是絲毫不會遮蔽彼此光芒，像幅美麗的圖畫。

噢噢噢！雖然可愛的小包子沒了，但兩個兒子都好出色！眞是太棒了！

只見路卡把視線投向沈夜，微微側頭的動作讓幾縷金棕髮絲滑落在白皙的臉上：「沈夜哥哥？」

沈夜正懷念著過去的小包子時，突然聽到熟悉的呼喚，不由自主地應道：

「嗯？」

應了聲後，沈夜愣住了。

只是回應對方後，少年卻有種如釋重負的感覺。原來，承認自己是十五年前的那名少年，並非自己原以爲的那般難開口。

看著輕笑著的路卡，以及阿爾文揶揄的目光，沈夜也忍不住露出一個穿越至今最爲輕鬆的笑容。

也許他之所以一直不想向他們坦白，除了因爲無法解釋那十五年的空白外，主要是因爲他還未適應孩子們的轉變。

現在阿爾文已是名器宇軒昂的青年，統領著一支強大軍隊，不再是個沒有實權的小皇子；而路卡，更是成爲艾爾頓帝國的皇帝，是這個國家擁有最高權力的人。

就連賽婭與伊凡，也早已擺脫原本命運，不但過得很不錯，兩人前途更是無可限量。

雖然沈夜很爲他們高興，可是在面對這群熟悉卻又陌生的人時，少年反倒突然不知該如何與他們相處。

就像面對路卡這位皇帝，沈夜知道自己應向他行禮，可是他卻不想像別人一樣，對待他們還得如此畢恭畢敬。

並非沈夜驕傲得無法垂下他尊貴的腦袋，而是他很珍惜與對方的情分，總覺得如果他們的相處模式變得恭敬而生疏，原先的親暱情感也將隨之消失，這不是沈夜願意見到的。

因此在得知阿爾文的身分，以及自己來到十五年後的世界時，沈夜除了想著怎麼解釋這空白的十五年，更多的卻是苦惱著該如何與他們相處。

無論是先前明知道阿爾文察覺到自己的身分、但卻裝作不知；還是現在看到路卡時，故意沒有向對方行禮，沈夜不斷試探著他們的底線，以及對自己的包容度。

幸好，阿爾文與路卡並沒有令他失望。

「現在你們都比我大，就別再喚我『哥哥』了，路卡……陛下？」

聽到沈夜一臉彆扭地道出「陛下」二字，路卡笑道：「我們還是互喚名字吧！你像皇兄那樣直接喚我的名字就好。」

「小夜。」突然發話的阿爾文，看到兩人將視線投向自己，便咧了咧嘴，道：

「傑夫他們都是這麼喊他的。」

沈夜挑了挑眉，倒是沒有反對。誰教他現在變成了年紀最小的一個呢？他們喜歡便由他們吧！

「那麼小夜，你可以告訴我們，這十五年間到底發生什麼事嗎？」

聽到路卡的詢問，沈夜決定告訴他們心中早已打好的腹案。

沈夜已決定不再騙對方，所說的全都是事實。而他不想說的，可以省略的便省略不說；不能省略的，會直接告訴阿爾文他們，自己不願意說。

沈夜告訴兩人自己在失落神殿中觸碰到創世神像上的卷軸後，便被傳送至一個奇怪空間。少年甚至還很詳盡地向他們描述那個由光與暗所組成的空間，而空間的光暗開始扭曲，最後爆炸。當沈夜回過神來，人已出現在魔獸森林裡。

接下來的事阿爾文則已知道了。沈夜遇上強盜，接著被伊凡所救。因爲人生地不熟，爲了能到達皇城而與「商隊」同行。

「那時我並不知道對我來說只是很短暫的時間，在外界卻已過了十五年。所以在遇上阿爾文與伊凡時，我根本沒有認出他們，只以爲是陌生人。」

經過了十五年，阿爾文與路卡早已不再是單純孩童了。這些年來他們身邊的人戴著各式各樣的面具，城堡中的下人皆擅於察言觀色，而往來的貴族與大臣，又何嘗不是各懷心思？

所以他們聽完後，雖然看出沈夜這番敘述有些含糊的地方，但大體來說並沒有謊言。

只要沈夜沒有騙他們，阿爾文與路卡便已滿足了。畢竟這世上又有誰沒有祕密呢？他們並不是喜歡尋根究柢的人，尤其眼前這人是沈夜，他們總是願意對這名給予他們溫暖的少年特別多的寬容。

「那小夜你往後有什麼打算？」

聽到路卡的詢問，沈夜認眞思考著這個問題。

現在最大的BOSS已經解決了，如果蝴蝶翅膀沒有把命運搧得太偏，接下來的麻煩，大概便是阿爾文那位別有用心的未婚妻了。

沈夜記得那個女人原本是一名大貴族的千金，是路卡與阿爾文的青梅竹馬。後來路卡死亡、阿爾文登上皇位後，這個近水樓台的女人便獲得阿爾文的心，成爲了他的未婚妻。

那時阿爾文的性格並不像現在這樣，在經過多次傷害與背叛後，青年變得偏激又陰沉，同時卻也渴望著失去的溫情。而那美麗善良、溫柔似水的貴族千金便成爲他黑暗心靈中的白月光。

可惜這朵白蓮花的花芯卻是黑的。她的家族其實是安插在艾爾頓帝國的暗子，三代都效忠於歐內特斯帝國。最終，阿爾文因爲這個女人的謀害，而失去了大部分視力；也因這個殘缺，最後在與傑瑞米的對戰中，在對方劍下受到重傷！

而現在路卡沒死，這朵僞白蓮挑選下手的人，應該從阿爾文變成了路卡。無論是阿爾文還是路卡，都是沈夜的心頭肉。他沒道理看著兩個孩子傻傻被人騙了感情，還差點搭上性命。

雖然知道那個女人不懷好意，但她的家族卻不是現在的沈夜所能撼動的。歐內特斯帝國爲了扶持他們可謂下了血本，使這個家族短短三代便成爲在皇城裡能據一方的強大勢力。

爲了阻止僞白蓮茶毒路卡，沈夜必須在對方出場前一直待在皇城。最好還能獲得一些地位，到時才好應變那朵難纏的食人花。

可是沈夜不希望讓阿爾文他們養自己，在這裡混日子。畢竟他只有十六歲，現在過退休生活還太早了不是嗎？何況好吃懶做也不是他的性格。

因此，沈夜便想著是否該讓路卡爲他謀個一官半職。可是想到自己現在唯一能拿得出手的只有預知未來的優勢，而且很多事都已改變了方向，沈夜便犯難了。

開店？可是他沒有經商頭腦。

當官？可是相較於經商頭腦，政治他更加不在行……

當回老本行寫書嗎？也不是不行，可是這個世界的書籍並不普遍，只限於貴族與有錢人之間流傳。沈夜之前寫的是輕小說，在這裡未必有市場。

難道去當神棍嗎？但在這皇權至上、統一信奉創世神的世界，當神棍的收益不好說，被綁火刑柱的風險卻是一定的……

沈夜實在想不出做什麼才好，於是厚著臉皮把希望留在皇城、最好能謀得一官半職的想法告訴路卡。

沈夜的要求，可說是路卡這輩子中聽過最奇葩的請求了。

以沈夜對他們的救命之恩和當年的情分，即使少年向他要求帝國最富裕的封地，路卡也會毫不猶豫地給他。但現在少年卻只是說一些含糊的想法，便一副「你看著辦吧」的表情，實在令路卡哭笑不得。

路卡笑道：「眞的交給我安排嗎？你就不怕我安排你當個沒有實權的虛位？」

沈夜理直氣壯地答道：「這樣說明我的能力只能幹個小職位，那就這樣吧！老實說，你要是忽然安排我當太大的官，我也未必做得來。我在這裡並沒有根基，如果一個人到了完全陌生的環境還那麼囂張，下場一定好不到哪裡去。」

阿爾文笑著上前揉了揉沈夜腦袋：「放心吧，小夜，你在皇城雖然沒有根基，不過你有我與路卡這個後台，足夠讓你橫著走了！怎樣，眞的不考慮換個要求，還是決定讓路卡替你安排嗎？」

沈夜伸手整好被揉亂的頭髮，邊道：「讓路卡決定就好，反正他不會害我。」

聽到沈夜理所當然的話語，路卡愣了愣，湖水綠的眸子閃過一絲溫暖笑意：「既然如此，就讓我爲你安排吧！」

說罷，路卡搖了搖鈴，一名穿著有別於下人的整齊西服、相貌普通的中年男子走進了書房。此人看起來並沒有什麼特別之處，但他每個動作都非常優雅而得體，恰到好處得讓人覺到舒服。

路卡介紹：「小夜，這位是萊夫特，城堡的總管，你有什麼事都可以找他幫忙。萊夫特，帶小夜去休息吧！他不是帝國的人，多照顧他一點。」

青年又拍拍沈夜的肩膀，笑道：「今晚好好休息，明天我再把你介紹給大家。」

萊夫特行了一禮，向沈夜虛引道：「沈夜少爺，請。」

剛才路卡介紹時稱他爲「小夜」，但萊夫特卻能喚出他的全名，沈夜知道路卡他們一定早已向這位總管交代了自己的事，便向對方友善地點點頭，舉步跟著他離開。

當書房剩下兄弟二人時，阿爾文饒富趣味地詢問路卡：「你決定了？」

路卡笑道：「這麼多年來一直空著那個位子，本來就是爲他而留。」

想到明天沈夜得知路卡爲他安排的職務時將露出的表情，阿爾文更忍不住咧嘴笑了：「你這可是把他推到風口上啊，就不怕他生氣嗎？路卡，你這麼算計他，會被小夜討厭的。」

路卡搖首笑道：「不是還有你護著他嗎？剛剛是誰對小夜說，他在皇城沒有根基沒關係，有我們當他的後台，便足夠讓他橫著走了？」

說罷，路卡斂起笑容，認眞地向阿爾文保證：「皇兄，無論是你還是小夜，你們從來不是我放在棋盤上的棋子，從來不是！」

路卡頓了頓，看著沈夜離開的方向，嘴角勾起一個美麗微笑：「因爲失而復得而更加珍惜，我與你的心情是一樣的。如果我們都是棋盤上的棋子，那我也願意與你一樣，不再是被他保護著的『國王』，而是變成守護他的『騎士』。」

《夜之賢者02》完

❀後記

大家好～當各位看到這篇後記時，應該已經是新年了。祝大家新年快樂，新的一年萬事如意，事事順心！

今年的天氣眞的很古怪啊！寫這篇後記時正値一月初，氣溫竟然還有十六、七度，一點都不寒冷。

我家的愛情鳥「白豬」，在十月底才剛換了羽毛不久，現在又開始換毛了。這氣溫給人一種「還未過冬便已是春天了」的感覺……

《夜賢02》出版時應該是二月中旬，不知道到那時天氣變冷了沒？

近年溫室效應愈來愈嚴重了，大家要環保節源、好好愛護大自然喔！希望這狀況不會繼續惡化下去＞＜

接下來的內容會提及小說內文的情節，還未看內文的各位請先翻回前面正文吧！

故事來到第二集，這一集可愛的小包子們都已經長大成人了。

寫到成長後的角色時，我的感覺與沈夜一樣，雖然對他們全都成長爲出色的大人感到傲驕，但仍是好捨不得小孩子時期那軟軟綿綿的可愛模樣喔！

而才過了一集，主角沈夜便從眾人之中年紀最長，瞬間變成年紀最小的那一個，也從「沈夜哥哥」變成了「小夜」，他的心情應該很複雜吧XD

對於沈夜來說，他們的分別只有短短數十分鐘，但對阿爾文他們而言，卻已過了十五年漫長的歲月。在這十五年時間裡，阿爾文他們從未放棄尋找沈夜，可是當雙方重逢之時，卻是相見不相識的狀況。

因爲有了一開始的隱瞞，即使到後來大家已猜到彼此的身分，卻又變得不敢相認了。會有這種糾結的心情，主要是因爲他們眞的很在意彼此吧？

不過他們這種我知道你是誰，然而卻又得假裝不認識的狀況還滿有趣的，這也是我這個作者小小的惡趣味～～

不得不說，沈夜根本不擅長說謊嘛！他的謊言用來騙騙年幼的小皇子或許還行，但對於現在的阿爾文他們來說根本不夠看。

然而阿爾文他們卻沒有揭穿沈夜、使他難堪，反而還順著他的謊言給他台階下，這也是因爲他們很珍惜沈夜吧？

人們都說皇室無情，可是我認爲身爲人類，誰又眞能做到無情呢？只是因爲他們找不到能全心信任、眞心相待的人；而沈夜的存在，對於阿爾文他們和伊凡兄妹倆來說是特別的。

他們相識在患難之時，也只有沈夜這個曾以生命保護他們、與他們並肩作戰的少年，能夠獲得這些高傲人們全心全意的尊重與信任。

下一集，沈夜便要正式融入異世界的生活，同時也是時候可以享受一下被「孩子們」保護的待遇了，阿爾文他們都是孝順的好孩子喔XD

敬請大家期待第三集，也謝謝各位購買這本《夜之賢者》第二集！

香草

夜之賢者

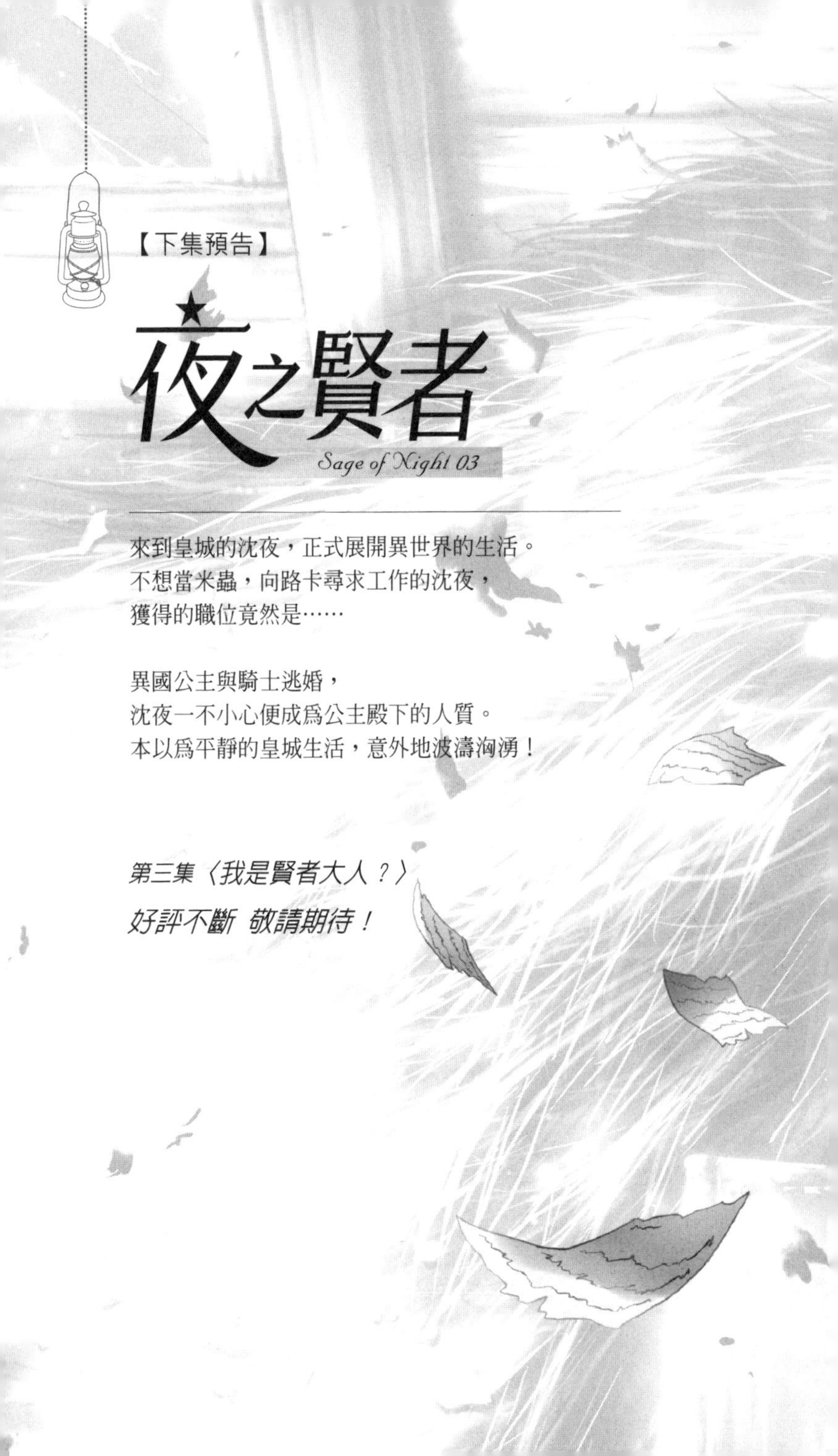

【下集預告】

夜之賢者

Sage of Night 03

來到皇城的沈夜，正式展開異世界的生活。
不想當米蟲，向路卡尋求工作的沈夜，
獲得的職位竟然是……

異國公主與騎士逃婚，
沈夜一不小心便成爲公主殿下的人質。
本以爲平靜的皇城生活，意外地波濤洶湧！

第三集〈我是賢者大人？〉

好評不斷 敬請期待！

香草作品集

異眼房東的日常生活（陸續出版）

輕懸疑靈異×更多詼諧吐槽
管他冷酷硬漢健身狂，還是傲嬌無敵高富帥，異眼房東急募見鬼隊友！

安然只是個20歲小會計，父親車禍身亡後，卻意外獲得「超能力」？
只不過，害怕靈異現象的他完全不想要這種見鬼雷達，為了有人作伴，決定火速分租房間當房東⋯⋯

沒想到上門的兄弟組房客根本奇葩等級，林家二哥孔武有力，職業成謎，令安然直呼「高手」；林家小弟則是離家出走中的大學生一枚，屬性絕對是「傲嬌」！

個性迥異的室友三人，來自靈界的驚險挑戰，精彩有趣、吐槽連連的同居生活，將擦出什麼熱烈火花！？

琉璃仙子（全四冊）

撲朔迷離的預言、一分爲二的神力，
史無前例超級尋人任務，黃金單身漢一文二武通通撩落去！

現任神子爲追求女孩兒的幸福，竟與鬼王私奔了，還留下好大一個爛攤子！由史上最年輕丞相與左右將軍組成的神使團，只好摸摸鼻子、呑下碎唸，扛起尋找下任神子的艱鉅任務！

意外不斷的尋人過程中，神祕少女「琉璃」突然降臨。她背景成謎，卻武藝、解毒樣樣行，屢屢向神使團伸出援手。

伴隨著危險與希望，吵吵鬧鬧的一行人，即將往預言中神子的所在地，踏出旅程……

香草作品集

懶散勇者物語（全十冊）

史上最沒幹勁的勇者，被迫上路！
據說每隔數百年，眞神會從我們的世界挑選勇者，
肩負拯救異界的艱難使命。但這次的勇者大人，有點不一樣……

夏思思是個絕對奉行「能坐不站、能躺不坐」的17歲少女，卻被自稱「眞神」的神祕美少年帶到異世界！身爲現役「勇者」，也爲了保住小命，只好心不甘情不願地踏上保護世界的麻煩旅程。

誰知道旅程還未展開，思思便被史上最「純潔」的魔族纏上？帶著一夥實際身分是聖騎士、偏偏又很難搞的夥伴，決定兵分兩路行動的新手勇者夏思思，前途無法預測！

傭兵公主系列（全六冊，番外一冊）

脫掉裙子、剪去長髮，誰說公主不能大冒險！
心跳100%，詭異夥伴相隨的刺激旅程！

十二歲離開皇宮的俏皮公主，五年後，遇上了人生的轉捩點！
人家是麻雀變鳳凰，西維亞卻是──「公主」變「傭兵」！！！

一連串恐怖陰謀與噩耗的重擊下，西維亞公主一肩扛起天上掉下來的任務：「解救皇室危機」。

在淚眼矇矓卻有一副好毒舌的侍女「歡送」下，聚集超級天然呆魔法師、知性腹黑與爽朗隨性的青梅竹馬騎士長，西維亞正式展開以守護國家爲名的嶄新冒險。

魔豆文化全書系

醉琉璃／作品

織女系列（全八冊，番外一冊）

揉合神話與青春校園的奇幻冒險！無敵怪咖成員們，以線布結界、以針做武器，不得已訂下契約的一刻，將展開一段名為熱血的打怪繪卷！

神使繪卷系列（全十六冊）

《織女》二部來襲！不管是神明、人類或妖怪，都大鬧一場吧！
不敬者破壞封印，釋放了不該釋放之物！神使公會曝光，舊夥伴、新搭檔陸續登場——

林綠／作品

Sea voice古董店系列（陸續出版）

毒舌美人店長×呆萌高中生店員，主僕倆不離不棄、血淚羈絆（?）的共患難日常。

眼見為憑系列（全七冊）

負責打雜的校草喪門，迫於人情加入靈研社，竟捲入一連串不可思議的事件……

天下無聊／作品

殺行者系列（陸續出版）

《殺手行不行》新篇登場！顛覆KUSO想像，超激殺手生涯！新一代殺手履歷國際化。等級提升的阿司，這次將告別菜鳥殺手的身分，迎接威風凜凜的殺手新生活！

殺手行不行系列（全七冊）

網路熱門連載小說，充滿刺激、幽默與爆笑的情節！
一切都從那年收到的生日禮物——德國手槍開始，超幸運的殺手生活於焉展開！

林熹／作品

靈魂通判系列（陸續出版）

少女通判緊急空降，冒險新章正要開啓！
巧妙揉合輕鬆奇幻與天、陰、人三界的世界觀，人界少女橫跨三界的職場冒險記。

米米爾／作品

天夜偵探事件簿系列（全四冊）

少喝了口孟婆湯，留幾分前世記憶。16歲女高中生偵探，首次辦案！

天夜偵探事件簿 非人妖異篇（全四冊）

邏輯能力超人的少女、又帥又能打的武者男友，高中生偵探與妖怪夥伴們，聯手破案！

魚璣／作品——**陰陽侍**（全五冊）

可蕊／作品——**奇幻旅途系列**（全七冊）

倚華／作品——**東陸記系列**（全四冊）

明日葉／作品——**外星少女要得諾貝爾和平獎**

路邊攤／作品——**見鬼社**

國家圖書館出版品預行編目資料

夜之賢者／香草著.——初版.——台北市：魔豆文化出版：蓋亞文化發行，2016.2
冊；公分.（fresh；FS104）
ISBN　978-986-5987-85-5（第2冊；平裝）

857.7　　104020802

fresh FS104

夜之賢者 02

作者／香草
插畫／天藍　　封面設計／克里斯
出版社／魔豆文化有限公司
地址◎台北市103赤峰街41巷7號1樓
電話◎（02）25585438　傳眞◎（02）25585439
部落格◎ gaeabooks.pixnet.net/blog
臉書◎ www.facebook.com/Gaeabooks
電子信箱◎ gaea@gaeabooks.com.tw
投稿信箱◎ editor@gaeabooks.com.tw
郵撥帳號◎ 19769541　戶名：蓋亞文化有限公司
發行／蓋亞文化有限公司
法律顧問／宇達經貿法律事務所
總經銷／聯合發行股份有限公司
地址◎ 新北市新店區寶橋路二三五巷六弄六號二樓
電話◎（02）29178022　傳眞◎（02）29156275
港澳地區／一代匯集
地址◎ 九龍旺角塘尾道64號龍駒企業大廈10樓B&D室
電話◎（852）2783-8102　傳眞◎（852）2396-0050
初版三刷／2018年11月
定價／新台幣180元
Printed in Taiwan

ISBN／978-986-5987-85-5

FS104

夜之賢者

Sage of Night 02 重回小說世界

魔豆文化　讀者迴響

感謝您在茫茫書海中選擇了魔豆，您的支持是我們最大的動力。
不要缺席喔，讓我們一起乘著夢想的羽翼，穿越時空遨遊天地！

姓名：　性別：□男□女　出生日期：　年　月　日	
聯絡電話：　手機：	
學歷：□小學□國中□高中□大學□研究所　職業：	
E-mail：　（請正確填寫）	
通訊地址：□□□	
本書購自：　縣市　書店　□網路書店	
何處得知本書消息：□逛書店□親友推薦□DM廣告□網路□雜誌報導	
是否購買過魔豆其他書籍：□是，書名：　□否，首次購買	
購買本書的動機是：□封面很吸引人□書名取得很讚□喜歡作者□價格便宜□其他	
是否參加過魔豆所舉辦的活動： □有，參加過　場　□無，因爲	
喜歡出版社製作什麼樣的贈品： □書卡□文具用品□衣服□作者簽名□海報□無所謂□其他：	
您對本書的意見： ◎內容／□滿意□尚可□待改進　◎編輯／□滿意□尚可□待改進 ◎封面設計／□滿意□尚可□待改進　◎定價／□滿意□尚可□待改進	
推薦好友，讓他們一起分享出版訊息，享有購書優惠 1.姓名：　e-mail： 2.姓名：　e-mail：	
其他建議：	

廣告回信郵資免付
台北郵局登記證
台北廣字第675號

魔豆文化有限公司　收

103台北市赤峰街41巷7號1樓

魔豆